99 Amaneceres

Ani Palacios Mc Bride

99 Amaneceres
Todos los Derechos de Edición Reservados
©2013, Ani Palacios Mc Bride
Pukiyari Editores
Imagen de portada: Shutterstock.com

ISBN-10:1630650102
ISBN-13:978-1-63065-010-0

Pukiyari Editores
www.pukiyari.com

El amor es divino

El miedo es humano

Y tú, en la intersección,

humanamente divino,

divinamente humano

Tú, que tienes la oportunidad de escoger la gratitud
como un prólogo en lugar de un epílogo

y así vivir tu vida amándote a ti mismo

y a quienes interactúan contigo en tu diario devenir

Tú, que escoges ahora renacer a la consciencia divina

y al poder que el conocimiento otorga

Vivir inconsciente

Hasta hace poco me acusaban de ser sensible o sensitiva o sensiblona o emotiva. A veces hasta me llamaban «sumamente impresionable». Yo no parecía advertir al precursor de este problema y cuando lo notaba era demasiado tarde, las lágrimas venían galopando, arrebolando la nariz, enrojeciendo las mejillas, abultando los párpados, llenándolos en un golpe fuerte, vergonzoso y salitre. Miraba hacia arriba para detener la conmoción con gravedad, y las malditas gotas resistían, caían para los costados, me obligaban a sobarme los ojos, a ocultar la emoción que se desbordaba con un rápido estornudo, con una tos fingida para disfrazar de catarro, de alergia, de irritación ocular o de mosquito que voló hasta encontrarse con mis pupilas para morir ahí y hacerme llorar por su repentina desgracia. Y pestañeaba y me defendía. Pero quería, no, necesitaba, aflojar y ceder al peso, a la emotiva, a mi verdadera yo, a mi esencia, a la que andaba tapada debajo de miles de capas, al espíritu verdadero según mi *Soul blender*, a la energía divina que peleaba contra aquella versión pueril de mi persona, la que buscaba mi atención con inapropiadas muestras de emoción en los peores momentos.

En los peores momentos.

En los peores momentos se aparecían las desdichadas y yo sentía convertirme en el centro de una insurrección de mis lagrimales; y entonces, sin quererlo y por razones fuera de sitio, totalmente descontextualizadas (mierda, qué larga esa palabra), me auscultaban desconocidos con reserva. *¿Qué estarán pensando?*, pensaba yo y me concentraba en desvanecer ese líquido, en calmar el mar de la sensiblería, de la emotividad, de mi plañidera personal que no me dejaba un respiro desde antes de que pudiera decir «mamá».

Me enfocaba en lo que mi espíritu me quería decir. *¿Qué me quiere decir? ¿Qué CARAJO me quiere decir?*, pensaba desesperada.

Al sentir mi frustración, Cindy, mi *Soul blender*, decía entonces que era el espíritu el que tenía que hablar, pero que si yo no escuchaba no servía de nada. Y yo entendía pero no entendía qué mierda podían significar aquellas lágrimas desatinadas, aquellas lágrimas públicas, impúdicas, rochosas. Aquellas gotas salinas que coloreaban de rojo encendido mi piel y corrompían la tranquilidad de mi meticuloso maquillaje querían decirme algo de parte de mi espíritu, de mi *Soul*, de mi *Soul says*, como decía Cindy, como si todos entendiéramos que hay un ente dentro de nosotros que habla constantemente pero al que solo algunos podemos escuchar si nos callamos, si acallamos todas las otras voces.

Pero, *¿qué quiere decir mi espíritu? ¿Qué está aburrido? ¿Qué quiere llorar? ¿Qué todo lo conmueve? ¿Qué está contento?*, preguntaba yo. La inquietud de no entender me hacía sentir naufragar dentro de mis propias emociones.

Cindy, mi *Soul blender*, mi licuadora de espíritus, como me di por llamarla en una época cuando no entendía de qué chucha hablaba y no me quedaba otra que responder de la manera más primitiva posible a lo que no comprendía: la burla. Bueno, Cindy, la persona que me introdujo a la conexión de espíritus, la que estableció comunicación entre su *Soul* y mi espíritu, entre nuestras energías, decía que, en efecto, me podría querer decir todo eso. Pero que yo debía escuchar más allá, mucho más allá de esas formulaciones, porque las lágrimas en mi caso eran la última expresión, pero que el verdadero mensaje enunciado detrás de la llantina era otro.

Y nos sentábamos a escuchar y conversar y preguntar, Cindy y yo, porque yo ya no quería ser emotiva, o sensible, o sensiblona, o «sumamente impresionable». No quería llorar y llorar y llorar y llorar sin saber por qué.

Le preguntaba a Cindy si no sería una enfermedad la que me ponía así. Ella me contestaba que mi espíritu, mi *Soul*, me mandaba a decir un definitivo «no». Le insistía que en algún sitio (o sea en el Internet) leí que existe gente que llora espontáneamente y sin razón. Me exhortaba a que persistiese con nuestras sesiones diarias, las 99 a las que me comprometí, que ya pronto encontraríamos lo que mi espíritu quería realmente decir. Y continuaba hablando y llorando con Cindy y mi espíritu y el suyo a puerta cerrada. Y continuaba batallando las lágrimas que en última instancia parecían siempre ganar a puerta abierta.

La mañana del fin del mundo

Conocí a Cindy la mañana del 11 de septiembre del 2001. Sí, esa mañana. La mañana en que el mundo tal como lo conocíamos se derrumbó frente a nosotros junto con las Torres Gemelas. Nos encontramos en la intersección de dos avenidas. Nuestras miradas se cruzaron por un instante e inmediatamente las dos levantamos la vista hacia arriba, hacia los estruendosos ruidos de motor de avión cruzando el espacio, tan cerca de nosotras que hasta aluciné que podía ver las caras de los pasajeros en el *jet*. Sentí la llamarada de la primera explosión cegándome y luego la mano de Cindy entrelazada con la mía, jalándola hacia la acera, y ella diciéndome que mi espíritu todavía tenía mucho que experimentar, que no era mi momento de partir, y luego su cuerpo encima del mío, protegiéndome de todo peligro, cubriendo con su vida la mía.

Apocalipsis 911

Muchos salieron despavoridos de Nueva York a poco tiempo de la tragedia de las Torres Gemelas, del 911 ¿o del 11-9? No podían con la zozobra, con los recuerdos de ese día, con los recuerdos pegados en forma de fotos que cubrían bloques y bloques de ciudad planteando a cada paso miles de preguntas. ¿Viste a esta persona? ¿Viste a esta señora? ¿Viste a este empleado? ¿Viste a esta madre de familia? ¿Viste a esta empleada, a este papá, a mi abuelo, a mi tío, a mi amigo? ¿Viste? ¿Viste? ¿Viste? Pero yo no era ellos. No pude irme. No quise irme. Me quedé. Escogí quedarme y llorar con mi ciudad.

Podría decir que fui una de los miles que se presentaron para hacer tareas voluntarias. Que me la pasé buscando muertos por días y semanas y meses. Que ayudé a los rescatistas. Que me dediqué a servir a otros.

Pero mentiría.

Me quedé y no hice nada de lo que hubiese hecho de haber reaccionado de manera «natural». Y es que lo mío, lo que me sucedió, no lo podía catalogar de natural.

Me quedé. Pero no porque no hubiese querido huir a algún sitio seguro. Y no porque quería ayudar. Y menos porque quería demostrarle bravura a los asesinos.

Nada de eso. Me quedé porque la cobardía me impidió obedecer a mis instintos.

Como en las películas apocalípticas, viví en el extremo opuesto de lo heroico. Se me dio por frecuentar bares, beber hasta olvidar. Me desconecté completamente del mundo, de sus villanos y de sus héroes, de sus odiseas y conquistas, de la valentía y el vivir estoico y me dediqué al epicureísmo de fin del mundo.

Podría haber sido un buen plan. Para que exista el *ying* también tiene que existir el *yang*. Las personas que aparentan no tener alma equilibran las balanzas, hacen que todos los demás se sientan mejor de lo que merecen, nivelan al mundo, por el hecho de traer oscuridad consigo mismos la gente a su alrededor puede apreciar la luz todavía mejor. El problema fue que el placer de la libertad de vivir para el momento escapaba mi deseo cada noche. Y yo apretaba el acelerador con furia pero no lograba moverme. Sentirme viva a pesar de todo lo que me sucedió se convirtió en mi obsesión.

Epifanía de borracha

Y dentro de las tinieblas de las borracheras en que se convirtió mi vida, una noche por fin la penumbra de mi alma aflojó y mi deseo de experimentar la vida con pasión intensa me fue concedido.

Regresaba a casa al amanecer. Venía de protagonizar una noche de fogosidades fuertes. Finalmente, después de mucho tratar, viví con frenesí cada instante. ¿Cuándo fue la última vez que viví así? No lo recordaba. Aquel ardor que me consumió la noche anterior me encendió nuevamente, me despertó con fuerza.

Las caras nunca las olvidaré. Felices. Las caras de gente que vivía de verdad. Las caras de personas que sabían, que entendían, que comprendían lo que era vivir. Las caras de los que tenían algo que yo no tenía. Y en ese instante desperté de la pudrición que era no vivir, o vivir, sí, pero acuclillada y en pánico constante entre las paredes de mi mente.

Algo amaneció dentro de mí.

Catarsis en los ojos de él, en sus manos, su boca, su piel suave, nueva, masculina; su piel, sus manos, sus ojos, agitándome, despertándome con caricias, con emociones que giraban junto con aquellas luces en donde despejó la noche y las nubes que me persiguieron por tanto tiempo se desvanecieron.

Catarsis y él, satisfaciéndome por completo con su olor a sudor de baile, con manos varoniles que me tocaron con destreza, con candidez, con desparpajo mientras las caras de los que bailaban alrededor nuestro dejaban de ser máscaras monstruosas y se convertían en rostros amigables, y el sol salía dentro de un bar oscuro.

Catarsis, transformada en música, en sudor, en baile, en pasos y caricias y manos y miradas que me dejaban translucida frente a él, frente a esa multitud de nuevos amigos a quienes no veía nunca más pero con quienes celebré mi primer amanecer; en ojos que fueron suyos aquella noche de placer en la que supe que la vida nunca se detuvo, que la vida estaba ahí, frente a mí, entregándose a mí en esos ojos y en esa boca que comí gustosa, en esa lengua y esas manos que me despertaron a lo que realmente quería: vivir una y otra vez.

Vivir.

Huirle a la muerte que nos buscaba impaciente en aquella ciudad.

Abrir los brazos y abrazar.

Y recibir con gusto lo que viene.

¿Era posible para mí?

Una aventura.

Una liberación.

Un nuevo despertar.

Y pasión. Mucha pasión.

Lo hice aquella noche en público, con la lengua jugosa de un completo desconocido.

Me pregunté si se podía hacer eso en público.

No contesté. Me dejé llevar. Tiré las reglas a la basura y me entregué. Lo usé como se me dio la gana. Y entonces el milagro, el regalo inesperado de catarsis. El regreso a los días, los años en los que nada era inalcanzable. Donde perderse en los ojos de alguien y besarlo y dejar que te bese en público, a la francesa, con la boca abierta y todos los sentidos encendidos estaba a mi disposición.

Perderte en su mirada.

Dibujar sus labios con tus dedos.

Gozar de su piel sobre tu piel, del sabor salado sobre tus labios, y dejarte llevar, como si nada importase, solo tú y él, y el infinito de sus dulces ojos.

Cosas que no me hubieran parecido aceptables en el pasado me eran ahora completamente admisibles. Sin entenderlo, aquella noche empecé una transformación en alguien que no sabía existía dentro de mí.

Ese amanecer los mensajes que llegaron hasta mí fueron completamente ininteligibles, pedazos sueltos, ideas esparcidas sobre un tapete tan brillante que me cegaba. No entendía nada pero deducía que aquello era únicamente un primer paso. La confusión era parte del total, del camino, de la suma de nuevas experiencias a las que tenía que atenerme si quería llegar a ver la imagen de un espíritu completamente renovado, y en esencia el mismo, frente al futuro que sin duda se presentaría pronto diáfano. Permití que mi ser racional dejase de hablar, de dictar, de interrumpir, de intervenir, de patalear, y me entregué a la búsqueda profunda de todo aquello que dejé escondido bajo los escombros de mil batallas.

Emociones reprimidas, sueños muertos, ideas descartadas, todo afloró con una potencia inesperada mientras caminaba de regreso del bar, recobrando colorido, inaugurando una era de deslumbrante entendimiento acerca de todo lo que me sucedió en el pasado, de todo lo que me sucedería en el devenir de las olas del tiempo. Pero ahora, en lugar de sentirme dominada por mis pensamientos, como una fiera en cautiverio, era yo la que dominaba al carcelero. Entendía qué puertas tomar y por qué. Se hizo fácil porque la fuerza que guiaba este grandioso presente era mi ser, mi esencia, la verdad que permaneció hasta entonces arrimada y entre rejas, timada por aquella que habiéndome querido suplantar absorbió mi vida hasta aquella noche.

Regresé a esa mañana de septiembre y a Cindy, a la única persona con quien sentía, intuitivamente, porque en la realidad ella era una desconocida, que podía ser yo misma; que por el hecho de haber estado conmigo cuando los aviones se estrellaron, una conexión natural se formó entre las dos. Busqué su información en mi teléfono. No la tenía apuntada. Recordé que en la locura de aquella mañana del fin del mundo ella garabateó algo en una servilleta y me la dio. Dentro de mi confusión, yo guardé el pedazo arrugado de papel dentro del saco que permaneció colgado a la entrada de mi casa, con sangre, polvo blanco y cenizas desde que regresé de aquel laberinto meses atrás y lo dejé ahí, en el pasillo, como un vigía que evocaba la extraña cortedad del caos que es nuestra vida.

Recordé la bendita gabardina cerca de la puerta y corrí por el pasadizo y bajé las escaleras dando zancadas hasta que llegué al lugar en donde se encontraba mi viejo amigo.

Metí la mano en el bolsillo derecho y de la solapa cayeron pedacitos de ladrillo. Me detuve sin saber qué sentir. El sobretodo cayó al suelo y yo me arrodillé junto a él, llorando como quien le llora a un muerto a quien negamos despedir. A tientas busqué luego en el segundo bolsillo y en el tercero, uno interior, y no logré encontrar el papelito con la información de Cindy. Me tendí en el suelo y abracé el saco hasta cubrirme, dejándome sentir el desconsuelo de aquel día, perdiendo el pudor y la valentía a la que tantos nos asimos como quien se aferra a mástiles solitarios en un campo que está siendo devastado por vientos huracanados. Sin vergüenza lloré desconsolada, sintiendo lo que tenía que sentir, permitiendo que el olor de edificios perdiendo la vida penetrase con fuerza en mis cavidades nasales. Me senté en el piso helado para acomodarme. Al abrir mi mano cerrada encontré la dirección de Cindy y una pequeña nota: *Soul Blender*.

Nevaba en Nueva York, la primera nevada de un largo invierno. Me puse el saco ensangrentado, una bufanda y un gorro y salí a la calle. Una ventisca fuerte nublaba mi campo visual y me hacía llorar. Apresuré el paso y apreté los brazos encima del cuerpo que tiritaba debajo de las capas de vestimenta. Pasé por una de las avenidas principales y enrumbé al norte, unas cuadras después cruce hacía la entrada de una estación y bajé las escaleras para tomar el tren subterráneo. Tenía que ver a Cindy y de inmediato.

Té verde y calor en el alma

Cindy abrió la puerta de su apartamento y sonrió. En el pasillo, tres niños jugaban a la batalla de *Star Wars*. Empecé a explicarle quién era. Ella me hizo un gesto para silenciar mis palabras innecesarias, tomó mi mano delicadamente, sentí una ola de emoción penetrando con potencia inexplicable a través de las terminaciones nerviosas de mis dedos y expandiéndose rápidamente por todo mi organismo. Sin chistar cerré la puerta, a tiempo de evitar los disparos entre los niños que hacían de buenos y los que hacían de malos, y caminé con ella hacia la sala.

—Te estuve esperando —dijo Cindy y soltando mi mano se fue para la cocina—. ¿Te sirvo un té? —preguntó sin agregar nada a ese saludo ominoso.

Cliché, murmuré para calmar los nervios. *Ni que fuera película de terror. Te he estado esperando. ¿Le dice lo mismo a todos los que pasan por ese umbral? Apuesto a que sí.*

—Té verde. Te calma los nervios, purifica el organismo y te baja de peso. En la cultura oriental es símbolo de armonía, bienestar y serenidad. Esta será tu bebida de ahora en adelante —dijo y colocó la taza sobre una mesa en forma de pentágono.

Observé la taza colocada sobre un platito y el humito de vapor que subía desde el centro del té, vi que debajo del plato sobresalía una figura tallada sobre la madera en forma de círculos concéntricos y que se repetía en cada uno de los cinco ángulos. También me di cuenta del parecido de un pentágono al dibujo básico de una casa. Pensé en el 11 de septiembre, en el Pentágono y en la estrella pentagonal. Una lágrima me descubrió frente a Cindy.

—¿Coincidencia? —dijo y colocó su taza en el platito reposado en la mesa pentagonal.

—Es extraña y muy interesante —dije, buscando la taza para acallarme con la bebida caliente. La lágrima cayó sobre el té causando ondas en el agua.

Cindy pasó su mano sobre la mesa y se acercó hasta donde yo estaba sentada, al borde de una silla de mimbre. Dulcemente me arrebató la taza de la mano, la colocó sobre el plato y tomó mi rostro sonrojado entre sus palmas.

—Cierra los ojos —dijo y pasó sus dedos delicadamente sobre mis párpados.

Cerré mis ojos pero desde dentro todavía podía ver reflejados en ellos la luz amodorrada de la sala. Sentí otra lágrima caer y aunque me dio vergüenza no permití que esa emoción me arrebatará aquel momento.

Cindy entrelazó sus manos abiertas sobre mi cara y la parte de atrás de mi cabeza. Luego tarareo una canción extraña, un son como canción de cuna, y murmulló unas palabras. Al finalizar, me abrazó, me pidió que abriera los ojos y se sentó a mi lado.

—¿Estás lista? —preguntó. Yo todavía no terminaba de entender qué era lo que acababa de suceder.

—¿Para qué? —dije.

—Para lo que has venido.

—No estoy segura para qué he venido. Lo único que sé que es real es que tú eres la única persona con la que siento que puedo hablar de lo que pasó ese día.

—Pero sabes que no has venido para eso.

—En medio de una borrachera tuve una epifanía y tu nombre, tu rostro, tu cuerpo sobre el mío el 11 de septiembre es lo que vino a mi mente.

—Y sentiste que tenías que verme.

—Y sentí que tenía que verte —balbuceé al mismo tiempo que ella terminaba su frase—. Pero si no es por el 11, ¿por qué entonces?

—Estás buscando respuestas para tu vida. No te gusta la manera en que vives, o despilfarras, tu existencia y por eso tu espíritu te guio hasta mí. Nuestro primer encuentro a la vera de la tragedia fue solamente una manera estridente de despertarte y ponerme en tu camino. No existen las coincidencias, Aranís Mejía.

Me levanté. *¿Cómo sabía mi nombre?*

—¿Cómo sabes mi nombre? —pregunté horroriza-da.

—Tú me lo diste —dijo y colocó sobre la mesa el papel que yo escribí ese día con mi nombre y telé-fono—. No contestas tu móvil.

Me senté nuevamente y tomé el papel. Mi escritura temblorosa, las gotitas de sangre, la huella de mi pulgar dibujada con residuos calcinados de las torres en una esquinita. Lo volteé. No quería verlo. No quería que me refleje en la vista la enormidad de los detalles del apo-calipsis de mi vida en un pedazo de servilleta. Noté una mancha borrosa, amarilla. Mostaza seguramente. *A Cindy le gustan los hot dogs*, pensé. *¿Habrá comido un hot dog antes de las torres? ¿Le gustarán todavía los hot dogs?*

—Te lo dije: estuve borracha —contesté y me acomodé en el asiento, tranquilizada pero curiosa. ¿Quién era Cindy y por qué me sentía tan ¿cómoda? a su lado?

Las almas en pena
y los espíritus confundidos

A pesar de la familiaridad instintiva e inmediata que sentí hacia Cindy, al inicio me encontré como un alma en pena en su presencia. Su actitud irradiaba rayos de sol, por decirlo de alguna manera aunque sé que sueno completa e irremediablemente huachafa, mientras que yo desconocía las verdaderas razones por las que llegué hasta ella, el nexo que nos conectaba como si fuésemos amigas de la infancia, el extraño magnetismo que sentía hacia su presencia y las emociones que me creaba el simple hecho de estar cerca de ella.

«Lo que en esta dimensión llamamos un alma en pena se refiere simplemente a un ser confundido, desconectado de su esencia, de su verdad. Como tú», me explicó Cindy la segunda vez que nos vimos. Resolví regresar al día siguiente porque algo dentro de mí lo reclamaba. Me pasé la noche pensando en la primera vez que la vi y en nuestra conversación del día anterior, en mis borracheras arropadas en las cárceles oscuras de mi pasado y en la imagen de ella que llegó a mi mente sin dudas cuando determiné que nada cambiaría a no ser que yo decidiese vivir de verdad.

Encontré a Cindy en una bodega cercana a su edificio. Estaba forrada en vestimenta invernal que la hacía verse muchísimo más gorda de lo que en realidad era. Llevaba un abrigo térmico de cuerpo entero con la capucha colocada encima de un gorro de colores, dos bufandas cruzadas sobre su cuello hasta hacerlo desaparecer y dos pares de mitones en cada mano. Sus botas de esquimal llegaban hasta la rodilla. Parecía una caricatura arropada así, como si de un solo golpecito se le pudiera hacer caer, rebotar y rodar.

Me reí al verla. La abracé y mis brazos se hundieron dentro del material espumoso de su casaca. Ella me respondió con una breve palmadita sobre mi hombro.

—¿Llenando la despensa para hibernar? —dije y tomé un par de sus bolsas. Su cara reapareció.

—Se me ocurrió cocinar algo y no quería que me faltasen ingredientes en caso de tener visita —contestó—. ¿Te gusta el, cómo se llama, *jumping beef*… lomo saltado?

Ahí estaba de nuevo. Cindy y sus adivinaciones que me dejaban en ascuas.

Ella vio mi rictus de sobresalto y añadió:

—¿Eres peruana o no? Adiviné que vendrías hoy y con todo el tiempo que tengo en las manos debido a la tormenta que se acerca me puse a buscar recetas peruanas y mientras estaba en esas me acordé que alguna vez comí ese *jumping beef* en algún festival y que me gustó muchísimo. Así es como lo llamaban; pero me imagino que prefieres su nombre bien dicho, lomo saltado.

Mi mohín se deshizo en su respuesta.

—¿Por qué es que siempre esperas lo peor? —dijo Cindy acercándose hasta donde yo estaba.

—No lo sé —contesté. Aquella fue la primera respuesta sincera que le di.

Llegamos hasta la puerta de la tienda y el viento casi nos tumbó sobre la vereda. Abrazamos fuerte las bolsas y empezamos a caminar en la calle vacía, imposible de transitar debido a la cantidad de nieve acumulada. Íbamos metiendo las piernas hasta las rodillas y luego levantándolas lo más alto posible y dejándolas caer de nuevo sobre la nieve helada, avanzando muy despacio y ayudándonos mutuamente, apoyándonos la una sobre la otra para no caernos.

Al llegar a su apartamento nos despojamos de las capas de ropa de invierno. Abrigos, bufandas, gorros, mitones, fuimos colgando cada cosa en un perchero cerca a la puerta de entrada hasta quedar en ropa de dentro de casa. Las botas las pusimos a orear sobre una tablita con rendijas colocada encima de una batea de aluminio que se encontraba finamente escondida al lado de un baúl con asientos. En medias nos deslizamos sobre el suelo de madera hasta la sala. Cindy se arrodilló cerca de la chimenea y encendió el fuego. Las llamaradas llenaron el lugar de calor y luminosidad. Sentí la mágica transformación dentro de mí. Afuera, el viento agarraba velocidad y el cielo continuaba arrojando copos de nieve que caían profusos; hasta que desaparecieron debajo de la nieve los árboles frente a la ventana de Cindy y la ciudad por completo, dejando solamente expuestos a los sentidos la resolana blanca y el ruido de la escarcha topando contra cualquier cosa que se le opusiera.

Cindy me tomó de la mano para llevarme hasta la cocina. Encendió la candela de la estufa y puso agua a calentar. Esperamos en silencio el pito de la tetera. Cuando el agua hirvió, Cindy sirvió dos tazas con té verde y sacamos las compras de las bolsas reciclables de mercado que todavía se sentían heladas al tacto.

—La receta la encontré en Internet. Pero seguro que tú me puedes enseñar mejor cómo hacer este lomo saltado *deal* —dijo y colocó el lomo, los tomates, las cebollas y las papas en una mesa redonda cerca del fregadero. De la despensa sacó arroz, vinagre, aceite, sal y pimienta y una botella de vino tinto chileno.

—Lo he hecho unas cuantas veces. Me sale bastante bien —dije y me quedé preocupada de que en aquella ocasión me saliera mal.

Cindy sacó dos tablas para picar y dos cuchillos filudos. Nos sentamos frente a la mesita y empezamos a cortar. Primero la cebolla. Lloramos. Colocamos las cebollas picadas en una vasija con agua y sal y las alejamos de nuestra periferia. Luego picamos los tomates y cortamos las papas en tiritas para freírlas.

—¿En qué piensas? ¿Estás preocupada de fallarme? —dijo Cindy y me regaló una sonrisa que catalogué de maternal. Ella era un poquito mayor que yo pero todo en ella me hacía sentir que estaba en la presencia de un ser con una madurez, una antigüedad de alma con larga trayectoria y experiencia de vida, que nunca antes había encontrado.

Asentí.

Pensé en la reencarnación. En la posibilidad de que nuestros espíritus vivan diferentes vidas hasta llegar a un estado de consciencia alto, o el mejor. Algo así como vivir una y otra vez hasta que te aceptan por completo en el club celestial. Si de verdad existía esa posibilidad, Cindy se encontraba mucho más cerca de su premio a la constancia que yo. De seguro yo era un ser inmaduro, juvenil, hasta infantil quizás.

—No me gusta fallar, en nada —le dije y me quedé cavilando en el eco de mi respuesta.

Ella me dejó perseguir dentro de mi mente esas palabras acusadoras mientras freía las papas. Luego volteó y dijo:

—Tu *Soul says*, tu espíritu dice que no te olvides de preparar el arroz. Dice que Cindy no tiene idea de cómo preparar arroz sabroso como el tuyo.

Me reí. Luego me puse de pie y apoyándome en la encimera, cerca de la estufa, le pregunté:

—¿Mi espíritu se preocupa de cosas triviales como el arroz?

—Tu espíritu se preocupa de todo lo que te concierne, incluyendo lo que comerás. Nuestros espíritus tuvieron una conversación acerca de esta cena hace horas. Tu espíritu le avisó al mío temprano en la mañana que vendrías, le dijo que no podías dejar de pensar en mí —dijo Cindy terminando de freír.

—¿Y dijo que quería lomo saltado?

—Sus palabras exactas fueron: «A Aranís le provoca lomo saltado y extraña a su familia».

Cogí la botella de vino y me serví un poco en la taza con té. Era cierto lo que Cindy decía.

—En verdad me levanté con antojo de lomo saltado y apenas vi la nieve afuera pensé en mi familia. Es verano allá…

Cindy empezó a saltear el lomo en la misma sartén en donde frio las papas.

—No hay coincidencias, Ari, por algo comí ese lomo saltado en aquel festival. De esa manera pude interpretar con claridad el mensaje de esta mañana. ¿Te puedo llamar Ari?

Asentí. Tuve un enamorado en la secundaria que me llamaba Ari. Decía que Aranís se le hacía demasiado fuerte, pero que Ari era un apodo dulce para su «caramelo».

—¿Y en qué idioma habla mi *Soul* con el tuyo? —pregunté. La certeza de sus palabras me estaba poniendo nerviosa. Quería de alguna manera demostrar que Cindy era una farsante.

—En el idioma del amor —dijo, sin mostrarse contrariada o juzgada por mis palabras—. Tu esencia y la mía, la esencia de todo ser humano, es amor puro. Cuando logramos comunicarnos con nuestra esencia estamos felices porque nuestro verdadero ser emerge y se muestra claramente y nos sabe a gloria porque viene de un lugar verdadero y divino. Desde que me crucé contigo por primera vez nuestros espíritus hablaron y pactaron encontrarse de nuevo. Yo sabía esto desde hace meses. Tú... bueno, tú te demoraste un pocotón en recibir el mensaje.

—¿Me dices entonces que todo está predestinado, que todo está escrito antes de que suceda? ¿De qué sirve entonces vivir? —contesté mientras sacaba una olla para preparar el arroz.

—En cierta forma sí, pero nada sucede sin la libertad de escoger, sin el libre albedrío. Esta mañana nuestros espíritus hablaron pero fuiste tú la que aceptaste llegar hasta acá y fui yo quien aceptó que vengas. Tu espíritu te habla todo el tiempo, la única diferencia con otras ocasiones es que hoy escuchaste esa voz y no la filtraste por tu mente lógica o la cuestionaste con tu ser emocional, simplemente la escuchaste y contestaste directamente. Tú puedes ser como yo. Tienes intuición innata para escuchar las voces. ¿Sabías eso?

Terminamos de cocinar y nos sentamos a comer frente a la chimenea. Afuera, el vendaval amainó y la luna llena dispersó sus rayos sobre la blancura de la ciudad, pintándola de amanecer.

¿A qué le tienes miedo?

Cindy me pidió que regresara a verla todos los días de ese invierno. Cambié la fría estancia en los bares por la calidez de su promesa; y en el intercambio empecé a conocerme mejor, a sentir que quien vive con esperanza nunca está solo.

—¿A qué le tienes miedo? —me preguntó sin mayor preámbulo una noche de nuestra primera semana juntas. Estábamos las dos sentadas en silencio, tomando una de esas infusiones con nombres exóticos que tanto le gustaban a ella. El calor emanando de la chimenea y la oscuridad en la salita de visitas me adormecieron. Sentada, más bien resbalada sobre la mecedora, mi vista quedó pegada, hipnotizada por las llamaradas; mi mente relajada flotaba en un colchoncito vacío de pensamientos, de angustias, de emociones.

Le contesté con un sonido gutural. Realmente deseaba quedarme flotando encima de todo, desentendida de mi existencia.

Se hizo silencio. Pensé que le gané. Le di un sorbo intenso al té amargo y me arrepentí apenas el sabor tocó mi lengua. Hice un gesto de desagrado y ella aprovechó para insistir:

—¿A qué le tienes miedo?

—A todo. A nada —murmuré y quise dejar la respuesta ahí. Pero seguí hablando—: Al ritmo desordenado de la vida. Al caos del universo. Al modelo anárquico en que suceden las cosas. A una humanidad que se ha vuelto loca. ¿Dónde está la generosidad? ¿Dónde está la empatía? ¿Dónde está Dios y su misericordia cuando el mundo se viene abajo?

Cindy colocó su taza en la mesita y sus manos sobre las mías que temblaban con ira y con desasosiego.

—Está dentro de ti y en todos los que reconoces como tus hermanos. Está en tu espíritu, en tu esencia, y junto a ti cuando escoges amarte y no hacerte daño.

—No te he buscado para escuchar un sermón bíblico. ¿Qué sucede si decido que ya no creo en Dios?

Cindy sonrió. Ella era lo más cercano a un ángel que yo conocía, dentro del estereotipo angélico al que respondemos los humanos.

—Así quieras, no puedes dejar de creer en Dios... en un Creador, en algo más grande que tú o que nosotros los humanos —me dijo. Tenía una certeza de palabra que a veces me asustaba.

Pero a mí me gustaba retarla. Sabía que era totalmente infantil lo que hacía, pero así somos los que en nombre de la sapiencia y la inteligencia cerebral pedimos pruebas de lo que no se puede comprobar científicamente y sin embargo intuimos que ahí está.

—Dios está en ti, en tu esencia, en tu espíritu. No puedes escaparte de ti misma. Puedes estar molesta, inconforme, iracunda. Puedes irte, desprenderte, desheredarte por un tiempo pero no te puedes desentender de ti misma para siempre. Tarde o temprano los miedos que te carcomen y que compelen a los que no pueden ver más allá de tu superficie a dejarte, te obligarán a mirar hacia adentro, te forzarán a explorar la imagen en el espejo y entonces verás una lucecita todavía brillando dentro de ti, es tu espíritu, tu amor hacia ti. Ese amor lo colocó tu Creador en ti y el día que lo dejes existir sin juzgarlo, los miedos desaparecerán porque ya no tendrán razón de ser. Lo que hoy es inhóspito y agreste dentro de ti, mañana puede ser completamente hospitalario y acogedor. La decisión es tuya.

Nos quedamos calladas nuevamente. Luego Cindy se levantó, atizó el fuego y se sentó junto a la chimenea. Sentí mis mejillas encendidas y el rojo-naranja de las llamaradas deshelando mi corazón.

—Quiero que hagas algo —dijo Cindy mientras tomaba la teterita sentada en el azafate y me servía té.

—Lo que quieras —le contesté y saboreé la amargura caliente pasando entre mis dientes, quemando mi lengua, hirviendo mientras chocaba contra mi paladar y bajaba por mi garganta chamuscándola. No grité ni hice gesto. Soporté el castigo. Imaginé que era una de las maneras en que Cindy me reavivaría.

Cindy escribió unas palabras en un papel, murmuró algo que parecía una oración mientras colocaba su mano sobre el documento y lo doblaba en ocho; y luego abrió mi mano, lo colocó ahí, la cerró y puso sus dos manos sobre las mías. Ella estaba arrodillada frente a mí, desde el sillón donde yo estaba sentada noté su pelo largo y lacio, negro azabache, cayendo perfectamente a un cuarto de su cintura delgada, bajé la mirada hasta donde sus manos abrazaban las mías, ella levantó su mirada hasta entrelazarla con la mía y sentí la dulzura de su ser tocando el mío.

—Léelo cuando llegues a tu casa —me dijo suavemente, sus manos todavía colocadas sobre las mías, sus ojos todavía abrazados a mi mirada—. Si tu espíritu está de acuerdo, realiza lo que te pido sin juzgarlo o hacer preguntas.

—¿Cómo sabré si mi espíritu está de acuerdo? —pregunté entre juguetona e incrédula.

—¿Alguna vez sentiste que tienes que hacer algo y no sabes por qué? —preguntó Cindy.

—Sí. Es raro, ¿no? —contesté tratando de alargar el momento.

—No es raro en absoluto. Ese es tu *Soul*, tu esencia. Si lo dejas hablar y lo escuchas con mayor frecuencia estarías entrando a un estado de consciencia similar al mío y podrías entender el porqué de las cosas. Ve a casa. Lee el papel y pregúntale a tu espíritu. Cuando termines con esa tarea, llámame.

Salí del departamento de Cindy y me apresuré a la estación del tren. La noche se comía las calles y lo único que dejaba era sombras, monstruos escondidos, ecos de mis pensamientos y nieve helada que empezaba a compactarse y congelar las avenidas. Dentro del bolsillo de mi abrigo, mi mano caliente todavía sujetaba ese pedazo de papel como si su contenido fuese el salvavidas que esperé toda mi vida.

Prácticamente patiné el trecho desde la estación del tren, al otro lado de la ciudad, hasta mi casa. Ya las finas capas de hielo asentadas sobre las vías hacían imposible dar pasos normales. El papel doblado entre mis dedos me mantuvo acalorada, temblando con anticipación, sudando en ese frío, hasta llegar a mi puerta, abrirla y por fin enterarme.

Lo que Lavat susurró ese amanecer

Desperté cuando una voz susurró a mi oído *La vida está llena de heroísmo. Sé sincero contigo mismo. Esfuérzate por ser feliz.* Abrí los ojos y me pregunté si los sueños eran en realidad mensajes del alma que no han sido filtrados, despojados de la verdad por la mente. Y luego desperté del todo, con una alegría inexplicable y una energía que me llevó a saltar de la cama, a mí, que era una dormilona que rechazaba cada mañana la idea de dejar las sábanas porque en la comodidad de no ser cada noche no tenía que escoger hacer nada y así no podía equivocarme nunca.

Puse música de bailar y mi habitación se llenó de vida. Abrí las cortinas. El sol resplandeciendo sobre la nieve virgen decoraba la ciudad con un brillo nuevo, algo que tal vez siempre estuvo ahí pero yo nunca noté.

La vida está llena de heroísmo. Sé sincero contigo mismo. Esfuérzate por ser feliz… *¿No es esa una línea de Desiderata?*, pensé. Con solamente la braga puesta y todavía bailando al ritmo de una salsa me senté frente a mi computador y lo busqué en un Google incipiente. En efecto, esa era una línea de un poema que grabó Jorge Lavat. ¿Mi alma suena como él? Sonreí y empecé a leer la letra:

Camina plácido entre el ruido y la prisa...

...y piensa en la paz

que se puede encontrar en el silencio.

En cuanto sea posible y sin rendirte, mantén buenas relaciones con todas las personas.

Enuncia tu verdad de una manera serena y clara

y escucha a los demás, incluso al torpe o el ignorante: también ellos tienen su propia historia.

Esquiva a las personas ruidosas y agresivas, ya que son un fastidio para el espíritu.

Si te comparas con los demás, te volverás vano y

amargado, pues siempre habrá personas

más grandes y más pequeñas que tú.

You are a child of the universe.

no less than the trees and the stars,

you have a right to be here.

and whether or not it is clear to you,

no doubt the universe is unfolding as it should.

Disfruta de tus éxitos, lo mismo que de tus planes

mantén el interés en tu propia carrera

por humilde que sea:

ella es una verdadero tesoro

en el fortuito cambiar de los tiempos...

Sé cauto en tus negocios,

pues el mundo está lleno de engaños...

...mas no dejes que esto te vuelva ciego

para la virtud que existe.

Hay muchas personas que se esfuerzan

por alcanzar nobles ideales,

la vida está llena de heroísmo.

Sé sincero contigo mismo. En especial, no finjas el

afecto y no seas cínico en el amor...

...pues en medio de todas las arideces y desengaños es

perenne como la hierba.

Acata dócilmente el consejo de los años,

abandonando con donaire las cosas de la juventud

Cultiva la firmeza del espíritu, para que te proteja en las adversidades repentinas

muchos temores nacen de la fatiga y la soledad

Sobre una sana disciplina, sé benigno contigo mismo.

You are a child of the universe.

no less than the trees and the stars,

you have a right to be here.

and whether or not it is clear to you,

no doubt the universe is unfolding as it should.

Tú eres una criatura del universo,

no menos que las plantas y las estrellas,

tienes derecho a existir.

Y sea que te resulte claro o no, indudablemente el universo marcha como debiera.

Por eso debes estar en paz con Dios, cualquiera que sea tu idea de Él, y sean cualesquiera tus trabajos y aspiraciones.

Conserva la paz con tu alma en

la bulliciosa confusión de la vida.

Aun con todas sus farsas, penalidades y sueños fallidos,

el mundo es todavía hermoso.

Sé cauto.

Esfuérzate por ser feliz

Increíble letra. Era como si Jorge Lavat me estuviese hablando directamente a mí. Era como si él supiera de mis lamentos y mis pesares. En sus palabras encontré refugio y alivio y motivación. Lloré al darme cuenta de lo que me estaba perdiendo, del gran valor que le damos a lo que no tenemos cuando en realidad tenemos tanto. Lloré al entender que cuando me auto denominé «alma en pena» y me escondí en la oscuridad de los bares, me retiré de la vida antes de que la vida me retirase. Sus palabras inundaron mi habitación y el brillo de la mañana clara y diáfana anegó mi alma con posibilidades. Me sentía como una niña de nuevo. El mundo me esperaba con los brazos abiertos.

Lo primero que hice apenas terminé de sentir profundamente las palabras de Lavat fue buscar dentro de la cama el papel que me dio Cindy la noche anterior.

Me quedé dormida leyéndolo, tratando de entender su mensaje.

Busqué sobre las sábanas y debajo de la colcha tamaño *King*. No lo encontré. Luego me lancé a destapar una por una las ocho almohadas que usaba para dormir y tampoco lo vi. Finalmente, me arrodillé para ver debajo de la cama y ahí estaba, al pie de la cabecera, casi en el medio. Alargué mi mano y lo cogí con las puntitas de los dedos. Una pequeña descarga de electricidad llegó hasta mi mano. Imaginé que sería por la estática. Si hubiese hecho eso de noche y con la luz apagada seguro que hubiera visto chispitas.

El papel estaba de nuevo doblado en ocho, tal y como me lo entregó Cindy. Lo desdoblé. Tal vez ahora, con la claridad precipitada por las palabras de Jorge Lavat, podría entender de qué se trataba el mensaje.

«Enciende la luz y déjala penetrarte», escribió Cindy en el papelito.

Enciende la luz y déjala penetrarte, murmuré. *Enciende la luz y déjala penetrarte*.

Me encaramé en la gigantesca cama solitaria, me senté mirando hacia la ventana con las cortinas descorridas, en posición de Flor de Loto, tal como estaba, semidesnuda, coloqué mis manos con las palmas abiertas mirando hacia arriba sobre mis rodillas y cerré los ojos. Demoré un poco en relajarme, en dejarme ir. Pensaba en qué dirían los vecinos de mi desnudez frente a la ventana, si estarían mirando, si algún pervertido estaría pensando en algo cochino por mi culpa. Y luego me decía que tenía todo el derecho de hacer lo que estaba haciendo. Y luego escuchaba a Lavat y lo de esforzarme por ser feliz y a Cindy diciéndome que un alma en pena es un ser confundido y nada más y a mí misma diciéndome que para escuchar lo que está adentro, para escuchar al *Soul*, el resto de las voces deben callar. Y por fin sentí la luz del mundo esperándome afuera, penetrando por todo mi cuerpo, sus caricias encendiéndome, agasajándome con mimos que se extendían en cada centímetro de mi piel, precediendo la alborada de placer que burbujeaba del interior y se dejaba sentir sutilmente.

Permanecí así por un buen rato. Debe haber sido un período largo porque cuando por fin abrí los ojos el sol había cambiado de posición y unos vecinos en el edificio de enfrente se habían sentado a ver el *show* desde su techo. Les sonreí y les hice adiós con la mano cuando me bajé de la cama. De alguna manera entendía ahora que no tenía nada que temer y que si les mejoré el día a esos chiquillos que vitoreaban desde su puesto de observación, mejor para mí.

El amor lo es todo y tú eres amor

Llamé a Cindy como me pidió. En el teléfono no me hizo ninguna pregunta acerca de la tarea. Asumí que esperaba a que yo le contara y cuando no lo hice imaginé que ella sabía que lo haría tarde o temprano. O tal vez podía inferir de mi voz cantarina que la misión fue cumplida. Lo que no se me ocurrió fue que mientras ella y yo parloteábamos en la línea acerca de los planes para ese día, nuestros espíritus también se estaban conectando y Cindy ya tenía mi mensaje.

Antes de colgar me dijo: «Tu *Soul* dice: Pronto todo estará bien».

Cuando la vi más tarde hablamos de nuevo de los miedos.

«Los miedos los entendemos al aceptarlos. El miedo es parte natural de ser humano pero no es natural a nuestra esencia divina. Si decidimos quedarnos estancados en miedo inquebrantable nos creamos un problema permanente de desconfianza. Pero si reconocemos el miedo que vive dentro de nosotros podremos tener compasión hacia nosotros mismos. Nos liberamos del miedo cuando escogemos recordar y honrar la verdadera esencia de nuestro espíritu, el amor», me dijo Cindy. Recordaré esas palabras hasta el día de mi muerte. Hoy se han convertido en parte de mi ser, son el motor que me mueve. Pero en esa época estaba en mi infancia. Y mis miedos sobrepasaban mi amor. Tenía un problema permanente de desconfianza.

Cuando llegué al departamento de Cindy la encontré afuera, paleando la nieve acumulada en las escaleras y la vereda. Me saludó con un movimiento de cabeza y me entregó una pala especial para esas labores. Viniendo de la costa peruana y a pesar de que ya llevaba años en Nueva York, cada invierno me agarraba desprevenida y sin saber qué hacer, así que dejaba que otros hiciesen lo que necesitaba hacerse. Pero ahí estaba esa noche, muy orgullosa siguiendo los movimientos de Cindy, sacando la nieve de los lugares de peligro, donde la gente caminaba y podía caerse, y colocándola más allacito, a un costado donde no fastidiaba a nadie. Listo: el miedo a caerte en la nieve desapareció con un gesto de amor de una vecina.

—Haces que todo parezca tan simple —le dije a Cindy mientras sudábamos la gota gorda paleando la nieve acumulada sobre su vereda.

—Es simple cuando permites la verdad en tu vida. ¿Tú crees que no pasé por nada malo en toda mi existencia?

Asentí. Le dije que parecía perfecta pero que tenía que tener algo malo. Le dije que nadie era perfecto.

Me miró con esa mirada de ella, maternal, amor puro, sin juzgarme, sin recriminarme.

—No soy perfecta. Vivo en este cuerpo imperfecto y tengo emociones y dudas como tú, como cualquiera, pero me rehúso a vivir paralizada por miedo. Si dejo que el miedo tome por asalto y capture mi vida, no podré disfrutar de mi esencia que es amor puro. Tú tienes la posibilidad de ser como yo. Tu espíritu quiere que lo escuches y que le des la libertad de ser. Tu esencia te guiará a lugares y personas que nunca imaginarías en tu vida.

—¿Imaginaste estar en esta vereda, paleando nieve de noche, con este frío intenso, con una persona tan imperfecta como yo? —pregunté. Sentía lágrimas avanzando hacia mis ojos y tenía que distraerlas.

Se acercó a mí y puso su mano enguantada sobre la mía. Sentí su luz bañando mi cuerpo.

—Lo supe desde antes del 11 de septiembre. No hay coincidencias. Nuestros espíritus nos llevaron hasta ese cruce de avenidas en ese preciso instante con la única razón de que nos encontráramos. Elevarte es ahora mi misión.

La niña de los zapatos contentos

Sabía que me faltaba mucho que aprender, tanto que desbloquear, pero de pronto empecé a recibir mensajes de parte de mi alma. Un día clarito escuché a alguien decirme: «Ámate a ti misma tanto como quisieras tú amar a otros. Mientras no puedas amarte a ti misma, no podrás amar a otros porque tendrás poco o nada para compartir». Iba de camino a encontrarme con Cindy. Me detuve en seco. Miré para los costados. Giré en 360. El día estaba frío. Las calles tenían témpanos de hielo por donde caminaras. No vi a nadie. Solamente el reflejo de mi cuerpo blindado en ropa de invierno en el escaparate de una tienda. No me asustó escuchar voces. Más bien me agradó. Cindy me advirtió que esto sucedería si yo acordaba ser generosa conmigo misma y abrirme a mi espíritu.

El primer acto de amor verdadero es el amor a mí misma, murmuré y continué caminando. Esta vez la voz no sonó como la de Jorge Lavat sino como la de una amiga a la que no veía hacía muchísimos años, Ceci. Mi amiga Ceci, que era una loca de atar que me entretenía a más no poder con sus ideas para juegos inventados que entrelazaba con extraordinarios y misteriosos relatos que se llevaban a cabo en lugares que crecían únicamente en su imaginación. Mi amiga Ceci, que me invitaba seguido a su casa, a veces para jugar, a veces para conversar de cosas de grandes tendidas boca arriba sobre su cama, a veces para saltar en el colchón hasta empezar a sudar y hacer que el catre chirriara tan fuerte que su mamá subía a buscarnos pero ya no nos encontraba en el cuarto de Ceci porque al escuchar sus tacones en las escaleras nos salíamos por la ventana y nos escondíamos en una cornisa delgadita, con la mitad de las zapatillas colgando al aire, agarradas de la mano y comiéndonos las carcajadas. La Ceci, que en ese momento me traía a la mente imágenes de amor puro.

Doblé a la izquierda tres cuadras más arriba. Traté de recordar la cara de Ceci pero mientras los detalles físicos prácticamente se me escapaban, dejándome ver únicamente pelo negro y lacio, ojos marrones achinados, sonrisa ubicua, risa sencilla, las emociones adheridas al recuerdo de ella eran diáfanas como una ráfaga de aire puro. De nuevo esa palabra, puro. Y es que así era Ceci. Muy probablemente mi primer amor. El reconocimiento de mi alma y la suya, el acuerdo de libre albedrío de escogernos mutuamente como mejores amigas, de amarnos en esos juegos y en esas tardes de sábado conversando en murmullos metidas debajo de la colcha, tocándonos en lo más profundo de nuestras esencias. Discerní que cuando eres pequeña las almas no están cargadas con las reglas del mundo, con los filtros creados por miedos, simplemente eres, tú, tu esencia, tu ser, sin tapujos, sin cadenas, sin recelos, ni restricciones ni prejuicios. Tu *Soul* en su forma más cercana a su Creador, sin deformaciones ni amputaciones. Luego vienen los coladores, los embudos, los tamices en donde tu verdadero ser se va quedando de a pedacitos, dejándose ir, subyugándose a las prescripciones de aquellos que ya no recuerdan quiénes son.

Ceci. A la que un día descarté como juguete usado para irme con unas amigas mayores que me escogieron, a mí, para ser su mascota. Unas nuevas amigas a las que llegué a pesar de sentir que no debía. ¿Pero qué sabes de amor y pureza cuando eres una adolescente? Abandoné a Ceci para aprender lo que es la vida de verdad con chicos mayores. Me arrepentí casi instantáneamente y a pesar de que Ceci me dispensó yo nunca me perdoné y renuncié a mi último lazo con mi niñez y con la pureza de un amor perfecto, el amor de la amistad verdadera.

Lágrimas caían sobre mis mejillas coloradas por el viento y los azotes de mis cabellos endurecidos por la nieve congelada cuando llegué al lugar en donde me cité con Cindy.

Entré. Recuerdo haberme sentido desconcertada. Era una tienda de Goodwill, un local en donde la gente pobre puede comprar a un precio reducido ropa, zapatos y otros enseres que han sido donados por aquellos que ya no los quieren. Olía a suciedad, a gente de la calle. Una mezcla de comida podrida y cloaca. El olor del abandono total, de los lugares donde las voces del alma han sido totalmente acalladas y el espíritu se encuentra en estado comatoso.

Cindy me hizo adiós desde los anaqueles de zapatos viejos. Me acerqué. A su lado, una niña de unos doce años, de pelo negro y lacio, miraba los zapatos que Cindy le iba mostrando como si se tratara de tesoros. Miré los zapatos que llevaba puestos: dos pedazos de lona que apenas se tocaban, amarrados con cinta adhesiva. La niña me saludó con su mano. Debajo de la suciedad de quien vive en la calle vi una sonrisa generosa y unos ojos marrones y achinados. Sentí un rayo de sol abriendo mi corazón prejuicioso y comprendí por qué me encontraba en aquel lugar.

—Ari, te presento a Zezille —dijo Cindy y me jaló hacía los anaqueles de zapatos para niñas. El olor a pezuña me detuvo por un momento pero luego sentí de nuevo esa necesidad de salirme de ese ser egoísta y darle lugar a la que fui con Ceci.

Zezille. Cecilia. Ceci, qué lindo volver a verte, Ceci, dijo una voz dentro de mí. La sonrisa de Ceci me respondió a través de la niña.

—Qué linda es tu sonrisa —le dije a la niña—. ¿Ya escogiste? ¿Qué te parecen estas? —dije, bajando un par de zapatillas de tobillo alto casi nuevas que tenían unos dibujos hechos a mano en lapiceros de colores.

Zezille las recibió y observó los dibujos. Una mueca de pesadumbre se formó en su pequeño rostro. Me entregó las zapatillas de regreso.

—¿No te gustan? —pregunté desconcertada. A mí me parecían fabulosas.

Zezille seguía apenada.

—¿Por qué no te gustan? Están casi nuevas y los dibujos son muy bonitos —insistí.

Zezille miró a Cindy. Le preguntó:

—¿Le puedo decir?

—Claro que sí. Ari es nuestra amiga. Puedes ser sincera con ella —contestó Cindy tomándola de la mano.

Zezille me miró. Vi como desaparecía la desconfianza de sus ojos de gente grande y aparecía una mirada inocente.

—Es que la niña que los dibujó estaba muy triste. No quiero zapatos que me pongan triste —dijo Zezille. Yo me quedé pasmada, sabía que aquella congoja de otra persona la sintió directamente su espíritu, sabía que debía confiar en lo que me estaba diciendo, pero igual necesité verificar la veracidad de su respuesta.

—¿Cómo puedes saber eso? —pregunté. ¿Acaso era mi miedo, mi naturaleza desconfiada, cuestionando?

—En los dibujos hay lágrimas y la niña que los dibujó lloró sobre ellos. Lo sentí apenas los toqué —contestó Zezille. Su claridad me dejó atónita.

—Los niños están todavía comunicados estrechamente con su esencia. Esa pureza la vamos ocultando los adultos cuando les transmitimos nuestros miedos, nuestras inseguridades, nuestras vergüenzas y desalientos. Hasta que un día esos niños se encuentran tan desconectados de su verdadero ser como las personas que los llenaron de aprensiones hacia la vida. Necesitamos la pureza de millones de Zezilles en este mundo, ¿no crees? —Cindy explicó.

Quedé petrificada, pensativa, mientras Cindy y Zezille continuaron buscando zapatos contentos.

Amor es lo único que necesitas

Love. Love. Love… Love is all you need. Love is all you need. Love is all. Love is all… desperté tarareando aquella canción de los Beatles. La genialidad poética de los escritores, resumir en una línea la filosofía de vida que estaba aprendiendo de Cindy.

Me sentía eléctrica ese día. Llena de vida, de energía que salpicaba desde mi *Soul*. Me gustaba esa palabra, *Soul*. Me gustaba todavía más como lo decía Cindy, siempre como algo importante pero accesible, *your Soul says*. Caminé de a saltitos hasta el baño. Dejé correr el agua en la ducha hasta que el vapor calentó todo el cuarto de baño y recién ahí me desvestí. Tirité por unos segundos al ceñirse el aire gélido que se colaba por los resquicios de la ventana sobre mi cuerpo. Salté a la ducha y me calenté de inmediato. Seguí tarareando la canción hasta que encontré la estrofa principal.

Nothing you can know that isn't known.

Nothing you can see that isn't shown.

Nowhere you can be that isn't

where you're meant to be.

It's easy.

No hay nada que puedas entender que no hayas entendido ya. Nada que puedas ver que no esté a la vista ya. No hay ningún lugar adonde vayas que no sea adonde debes estar. All you need is Love… increíble, murmuré, *lo único que necesito es amor.*

Cuando me encontré con Cindy en un café esa tarde le pregunté acerca de Zezille. Quería saber, realmente saber, cómo logró sentir la emoción de alguien que no estaba presente. Cómo sabía lo que sucedía en el corazón, en la esencia de alguien que no conocía.

—¿Periodista? —me contestó Cindy con una pregunta.

El mozo nos sirvió. Té verde para las dos. Le había agarrado el gusto a esa amargura. Me sentía toda *New Age* tomando ese brebaje con miel pura y orgánica (¿no sería orgánica de todos modos?) de abeja que no ha sido torturada (o algo así. Todavía no estoy segura cómo va aquel tema).

—En otra vida —contesté y le pasé el dedo al palito descartable para servir la miel.

—¿Qué pasó contigo? ¿Por qué decidiste dejar lo tuyo de lado? —insistió Cindy.

La miré. Fue la primera vez que sentí el deseo de compartir algo de mí que deseaba olvidar.

—El terrorismo en mi país. Cubrí muchas noticias y era buena en lo que hacía, hasta que un día no pude hacerlo más —contesté.

—¿Qué escondes debajo de esa respuesta? ¿Qué miedo te llevó a dejar algo para lo cual estabas esencialmente inclinada? —indagó. No detecté malicia en sus palabras. Confié en ella.

—El miedo a fallar —contesté y me sorprendí con lo que dije—. Preferible dejar la carrera antes de que la carrera me deje. Y ahora el terrorismo está acá.

—¿Pero ya no eres periodista?

—Todavía me jala.

—¿Qué te impide hacerlo de nuevo?

—Ya te lo dije: el miedo a fallar.

Cindy me miró. Ella sabía la verdad.

—¿Por qué te fuiste de Perú, de verdad, por qué te fuiste?

Nos detuvimos en ese instante por un momento. Dudé, pero seguí para adelante. Decirlo en voz alta no podía hacerme mayor daño que el hecho en sí.

—Me enamoré del hombre equivocado —dije e hice una mueca de pesadumbre. La ansiedad de recordar me estaba invadiendo. Me llevé la mano al pelo y jalé instintivamente de mi cola, una distracción que aprendí de chica siempre que veía llegar el tren de las lágrimas.

—No es equivocado si tu espíritu lo reconoce como su pareja —contestó Cindy alargando su mano para bajar la mía hasta la mesa.

La miré con cara de *no siempre puedes estar en lo correcto. Te vas a arrepentir de lo que acabas de decir,* pero igual proseguí.

—Yo me enamoré de él y él se enamoró de mí, pero era lo equivocado porque era el novio de mi mamá. ¿Te imaginas? Mi pobre mamá que enviudó de joven y nos crio a mí y a mis hermanas solita y que se merecía el amor completo de ese hombre y yo se lo robé.

—¿Y qué pasó, por qué no estás con él?

—Murió en un ataque terrorista. El desgraciado se murió cuando explotó un coche bomba en la calle por donde caminaba de regreso de estar conmigo y no tuvo que escoger entre ella y yo. Después del entierro lo único que yo quería era confesarle a mi mamá lo que le hice. Quería consolarla pero también quería que ella me consuele. En lugar de eso me vine a Estados Unidos, no podía mirarla a los ojos. Todavía no puedo. Cambiemos de tema. Hablemos de Zezille, *¿okay?*

—Primero tu mamá. Necesitas hacer las paces con ella, aunque sea a la distancia primero. Llámala por teléfono. Ella necesita escuchar tu voz —Cindy contestó. Por un segundo me pareció ver el rostro de mi madre en el suyo.

—¿Y lo del novio?

—Ella ya pasó por una tragedia. No necesita detalles acerca de algo que ya no tiene arreglo. Déjalo como está.

Asentí.

—Ahora sí: ¿Qué quieres saber de Zezille?

—Quiero saber cómo supo que los dibujos fueron dibujados por alguien con pena intensa. ¿Cómo es que un objeto la puso tan triste?

—Zezille todavía mantiene viva su comunicación con su esencia y la esencia de otros. Tiene un talento que si se desarrolla esa niña puede llegar a convertirse en un faro de luz para tantas personas. Pero eso no es realmente lo que quieres saber...

—Quiero saber por qué escogiste mostrarme a alguien que se parece tanto a mi amiga Ceci. Eso es lo que realmente quiero saber. ¿Por qué? ¿Y cómo sabías de la otra falla en mi vida?

—Para que la encares y para que te perdones. Cuéntame lo que sucedió.

—Pero tú ya lo sabes.

—¿Cómo sé?

—Porque mi espíritu chismoso se adelantó y le contó al tuyo.

Nos reímos nerviosamente y luego callamos. Yo volteé a mirar a mi alrededor, describí en mi mente a cada una de las personas sentadas cerca a nuestra mesa, luego pasé a detallar a todos los que estaban en la barra. Uno por uno. La señora pasada de años que se sienta en una cafetería para sentir algún tipo de compañía, de interacción humana. La pareja cibernética, *café latte*, computadores personales, celulares en las manos y audífonos en los oídos; ni siquiera se miran pero se contentan con saber que están juntos. El escritor intelectual que llega hasta estos lugares para inspirarse. Nuestras miradas se cruzaron cuando realicé el sondeo. Él intuyó lo que yo estaba haciendo e hizo lo mismo conmigo. Lo dejé anotarme en su archivo mental y hasta le sonreí desde lejos. Él esquivó mi mirada y regresó a su libro.

—Es verdad, pero necesito que tú lo digas en voz alta. Verás que te ayuda —dijo Cindy. Su voz se escuchaba lejana.

Traté de ignorarla. Seguí con la anotación mental detallada. Entró un hombre bien vestido, de saco y corbata, y se pidió un café negro. Un empleado desaliñado detrás del mostrador, se dice a sí mismo que aquel trabajo es un mientras tanto, probablemente pasará por muchos mientras tantos similares en su vida.

—Ari. ¿Aranís? Necesito que tú lo digas en voz alta —repitió Cindy.

Dejé la libreta de anotaciones sobre la mesa de trabajo de mi memoria en donde probablemente se perdería para siempre.

—Ceci era mi mejor amiga cuando era chica. Parábamos juntas. Era una linda persona que me trataba con enorme cariño. Un día decidí cambiar su amistad por la de unas estudiantes mayores. La traté como si no fuera nadie, como si no la conociera y me fui con estas otras niñas que tenían amigos y hacían cosas de grandes, como fumar y tomar. Pues resulta que uno de los chicos me llevó a una fiesta de universitarios y yo me sentía la divina pomada, toda grande y con maquillaje, llevaba tacones y un vestido cortito y llamativo. Este chico me dio de tomar y yo me dejé porque quería ser como ellos, quería que me aceptasen sin importar lo que me costara. Este chico, se llamaba Mauricio, se aprovechó de mí esa noche. Me arrepentí como no tienes una idea porque al día siguiente se pasaron la voz de que la mocosa estaba fácil y en una parrillada otro de los chicos me metió la mano de buenas a primeras. Busqué a Ceci de nuevo y ella, que es la persona más buena del universo, me perdonó. Pero yo no me perdoné. Estaba tan avergonzada que no pude con su generosidad de corazón y la abandoné de nuevo sin decirle por qué —dije y me sentí mejor. También me sentí peor.

Cindy se quedó callada por un momento, cerró los ojos como esperando un mensaje. Luego dijo:

—Debes escribirle una carta a Ceci y explicarle todo lo que sucedió y pedirle perdón. Ella ha estado esperando ese gesto desde quinto de media.

Lo que el corazón aprende ya no lo olvida

Regresé a casa al amanecer. Cerramos el café en donde nos reunimos primero y de ahí nos pasamos a otro abierto las 24 horas y continuamos conversando. Entré a mi cuarto bostezando y me debo haber desmayado apenas toqué la almohada puesto que no recuerdo nada más después de eso.

Desperté cuando el gruñido del hambre en las tripas le ganó al tracateo de los ronquidos. Salté de la cama apurada al ver que ya caía el sol. Tenía una cita con mi pasado a la que no quería faltar.

Recordé nuestra conversación. Cindy continuó machacando con el estilo confesional la noche entera. Me sentía agotada por la cantidad de emociones que afloraron. Me forzó a repasar, o mejor dicho a revivir, heridas antiquísimas, tan viejas que apenas se distinguían las cicatrices, y otras tan nuevas que ni siquiera tenían costra formada, descubrí en nuestra conversación que estaban todavía abiertas.

—Nunca te pregunté: ¿Dónde trabajas? —me dijo. Habíamos cambiado de té verde a batidos de frutas. Revolví mi *smoothie* con la cañita y pesqué un pedazo de fresa que me llevé a la boca.

—Trabajaba en una revista, pero no de escritora, nunca les dije que soy periodista. Hacía mandados para todos. Me gustaba porque me mantenía en actividad y realizando cosas diferentes todos los días. Estoy de asueto porque… bueno, ya sabes por qué. Me estoy comiendo mis ahorros —contesté mientras jalaba otra fruta del fondo del vaso.

—No se te hubiera ocurrido buscarme si estuvieras ocupada con tu trabajo —contestó Cindy.

—Eso es verdad —dije.

La campanita de la entrada tintineó y una pareja entró al cafetín. Eran jóvenes y estaban bien vestidos. Ella, con un vestido azul de lentejuelas y zapatos de tacón. Él, con un esmoquin negro con fajín rojo. Caminaban tomados de la mano, mirándose a los ojos, enamorados. Se acercaron al mostrador, pidieron unos sándwiches de jamón y queso derretido y se sentaron junto a la barra, frente a frente, jugueteando, besándose en la boca.

Cindy y yo suspiramos al unísono.

—Qué lindo es el amor —dijo Cindy—. ¿Amaste a alguien nuevamente después del peruano?

—Claro que sí. Me enamoré de nuevo. Por supuesto. El amor perfecto —dije emocionada y me callé al recordar el dolor.

—¿Y? —preguntó Cindy. Yo sabía que ella sabía lo que le iba a decir pero ahora entendía que para que nuestra conexión realmente funcionase yo tenía que permitir que ella lo supiera. Debía de salir de mí.

La miré. Me comí con la vista a la pareja al otro lado de la estancia. Recordé. El dolor me atravesó. Codicié lo que otros tenían.

—Soy irreparable, Cindy. Creo que estoy destinada a estar sola, a vagar sin propósito en esta vida —dije apesadumbrada.

—Nadie está perdido del todo —contestó Cindy buscando que me sienta mejor.

No quería seguir hablando del tema. Tomé unas bolsitas de edulcorante y las convertí en picadillo que quedó regado sobre la mesa.

Cindy jaló su silla hasta sentarse a mi lado. Tomó mis manos, levantó mi cabeza hasta que nuestros ojos se encontraron.

—¿Qué paso con él? —preguntó nuevamente.

Sentí su energía, su luz, pasando por mi cuerpo. Me animé a revelarle lo que casi nadie sabía:

—Enterrado en los escombros de las torres. Ni siquiera encontraron su cuerpo. ¿Cómo es que me puede suceder lo mismo dos veces? ¿Cómo es posible? Eso es lo que quiero que tú me expliques.

Cindy asintió. Pausó para escuchar las voces señalando desde su interior lo que yo necesitaba escuchar en ese momento.

—Es una tragedia inmensa, la muerte de un ser querido es inapelable pero lo que tú eres en esencia lo es también y lo que aprendió tu corazón con él y lo que le diste tú a él no está perdido porque lo que se entrega con pureza permanece en el espíritu y nadie se lo puede llevar. ¿Entiendes?

Levanté los ojos y pestañeé una vez. Las palabras estaban atracadas en mi corazón.

—¿Te despediste de él ya? —preguntó Cindy, su tono era práctico, de alguien a quien la muerte le ha tocado la puerta más de una vez.

Me llevé las manos a la cabeza y lentamente repasé mis dedos sobre mi cabello. Respiré hondo, la valentía no era mi especialidad. Me sentía desvalida.

—No he podido. No he estado ahí. No puedo ni pensar en acercarme hasta allá. Soy una cobarde, Cindy.

Cindy jaló mis manos hasta su regazo, limpió las lágrimas que ya formaban una lluvia de gotas gruesas.

—¿Quieres que te acompañe? Te prometo que no estarás sola y que lo que necesitas para decirle adiós llegará hasta ti desde lo más profundo de tu ser. Ustedes tuvieron una conexión que se rompió en el ámbito terrenal, en lo físico, pero el vínculo de sus esencias solamente puede ser separado si uno de los dos quiere abandonarlo —dijo Cindy.

—Pero es que no quiero desconectarme del todo —respondí—. Él era lo único real que tenía en mi vida. Siento que le fallé por no ir a buscarlo con los voluntarios, por no reventarme las manos desenterrando piedras, pero es que desde el comienzo lo supe: él murió en aquel lugar y nada que yo pudiera hacer lo regresaría a la vida.

Nos encontramos en la misma intersección en donde nos conocimos meses atrás. Cindy tomó mi mano de nuevo y me sentí protegida una vez más. La miré a los ojos. Temía que sin su guía flaquearía al llegar al camposanto.

—Recuerda: Lo que el corazón aprende ya no lo olvida. Pero este es el pasado y puedes venir a visitarlo cuando sientas que lo necesitas, pero no puedes vivir aquí. Si no te permites cerrar esa puerta y sobre todo perdonar cualquier culpa que sientas por seguir viva después del ataque dejarás que tu ser racional y tu ser emocional estén a cargo de regentar a tu esencia; y los frutos de tu espíritu, de lo que podría ser tu vida, no verán luz —me dijo y empezamos a caminar hacia la zona cero.

A pocos pasos llegó hasta mí el olor a fuego y gasolina y azufre y tierra y escombros. Se hizo oscuro en mi alma. El llanto desgarrador alcanzó por fin mi garganta y colgada de Cindy me permití sentir.

Lobo: ¿Qué estás haciendo?

Una tarde de viernes caminábamos vadeando otro de aquellos problemas climáticos que malogran los zapatos y la ropa, tratando de esquivar en las calles los trozos de nieve derretida mezclada con sal para disolverla, el *slushie* como le dicen por acá en honor a la bebida hecha de hielo picado y saborizante artificial, como la raspada en México, parecido a la cremolada en el norte de Perú, y digo parecido porque la cremolada se hace con jugos de frutas y es mucho más rica. Dejó de nevar los días anteriores y el sol levantó la temperatura lo suficiente como para convertir centímetros de nieve en agua con hielo que ahora corría suelta, arrastrando la sal que le colocaron todas las noches los camiones municipales para abrir camino a los automóviles, mudando la belleza de la nieve invernal a barro líquido que se adhería a todo e inevitablemente salpicaba a los transeúntes.

Pensé en ese cántico de ronda infantil que jugué tantas veces durante el recreo en el colegio parroquial cercano a mi casa. *Juguemos en el bosque mientras el lobo no está. Lobo: ¿Qué estás haciendo?* Íbamos haciendo la pregunta y el lobo iba contestando que se estaba poniendo los pantalones, que se estaba abrochando la camisa, que se estaba lavando los dientes… Y así, seguíamos con la ronda y el lobo contestando que se estaba preparando; y nosotros, inocentes, tan cerca del lobo, sabiendo que ya salía, que en cualquier momento emergía de su escondite y se lanzaba a corretearnos por todo el patio escolar hasta atraparnos y llevarnos para su guarida y comernos, y aun así seguíamos preguntando y poniéndonos más y más cerca del peligro, adictos a la adrenalina de estar colindantes al lobo y creernos invencibles.

Me encontraba en esas cavilaciones, perdida dentro de mi cabeza, cuando Cindy me detuvo en la esquina antes de que yo me lanzara a cruzar sin avizorar el tráfico que se me vendría encima. Me podría haber matado por estar tan distraída.

Un taxi pasó cerquita al sardinel del cruce de avenidas en donde estábamos paradas esperando para atravesar y nos empapó en barro helado de churretera citadina. Cindy rio con frescura, como si se tratase de una nueva aventura que ella aceptaba con el corazón abierto, se sacó los guantes y procedió a limpiarse y limpiarme. Yo me sentía frustrada, humillada por la situación, íbamos de camino a una cita y ahora llegaríamos hechas un desastre, enfriadas y manchadas con fango, pero entonces noté la algarabía de Cindy, que convirtió el mal momento en una situación graciosa, y decidí dejarme llevar, permitirme no ser seria todo el tiempo, bajar la guardia de rato en rato y dejar que el lobo me chape de vez en cuando. ¿Qué es lo peor que podía pasar? Como diría Cindy, lo peor que puede pasar ya pasó, entonces a disfrutar, siempre a deleitarse en lo que te toca, así parezca extravagante, que si le vida te da limones no te prepares una simple limonada, no, prepárate una deliciosa Margarita, con harto tequila, *please*.

El resto de la tarde llevé las manchitas sobre mi blusa como una medalla de honor. Ni siquiera sentí que me tenía que disculpar por mi aspecto desgreñado cuando por fin llegamos al teatro para darle el encuentro a Judith, una amiga de Cindy que trabajaba con escenarios y le pidió que la ayudáramos con el decorado para una nueva obra. A cambio nos regalaría boletos para la noche de estreno y nos convidaría a la fiesta del elenco.

—¿Sigue mojado afuera? —fue lo primero que Judith dijo apenas nos vio entrar caladas por el chubasco que nos agarró sorpresivamente las últimas dos cuadras de nuestro periplo.

—*Raining cats and dogs* —contestó Cindy, secándose la cara y las manos con una franela que encontró tirada en un asiento del teatro.

Me reí. La frase era graciosa, ¿por qué decían que llovían perros y gatos para referirse a aguaceros?

Paradas en el pasadizo central de la platea del antiguo teatro, entre las filas de butacas forradas en material rojo encendido, Judith y yo nos saludamos brevemente, intercambiamos la clásica información entre desconocidos, de dónde eres, qué haces en Nueva York, qué lindo Perú… algún día visitaré.

—Vengan —dijo Judith haciendo un ademán para que la siguiéramos y volteó para dirigirse hacia el escenario en donde se encontraban pedazos de maderas, herramientas para cortar y pinturas.

Judith era una mujer alta y gruesa, pero no gorda, más bien de tipo amazona, su cuerpo perfectamente proporcionado e increíblemente llamativo. Piernas largas contorneadas, caderas que desencadenaban en un trasero formado y respingón, cintura mediana que se abría hacia pechos tan generosos como su culo y un rostro bello, sensual, coronado por una melena colorada que parecía indomable.

Me sentí enana e imperfecta, deforme, a su lado. Pero luego de un momento de ansiosa comparación de su cuerpo contra el mío me sentí relajar, aceptar a Judith, a su esencia, congraciarme con nuestros aspectos físicos y prestar atención a la conversación que en ese instante iniciaban nuestros *Souls*.

Íntimamente acordamos jugar sin juzgar. Lo vi en el brillo de los ojos de Judith cuando me entregó una lata con pintura roja y una brocha.

—Deja que la pintura caiga donde quiera, como gotitas de lluvia o como chaparrón maldito, tú estás a cargo de su personalidad —me dijo y colocó un pedazo de madera cuadrada contra un andamio y la tapó con un lienzo blanco.

A Cindy le dio una pistola de agua rellena con pintura verde limón. Ella tomó una pistola para pintar a presión que cargó previamente con pintura marrón oscuro.

Judith puso música *rockera* a todo volumen y las tres nos entregamos a nuestra obra de arte, pintando y bailando sin reservas ni preocupaciones de ninguna índole.

Al terminar, Judith dijo:

—Gracias por venir. Realmente necesitaba liberarme un poco.

—Liberar tu esencia —corrigió Cindy—. Lo digo sin ningún ánimo de juzgar.

—Tienes razón: liberar mi esencia —dijo Judith y la abrazó hasta que Cindy, que es tan pequeña, se perdió en sus brazos.

Cuando por fin Judith la dejó ir, Cindy me reveló:

—Judith, Zezille y tú son mis aprendices. Escogidas directamente por mi espíritu. Trabajaré con ustedes tres hasta lograr que cada una pueda también ser *Soul blender* y ayudar a otros a encontrarse dentro de sí mismos. En realidad venimos trabajando en esto ya varias semanas, simplemente lo estoy vocalizando, haciéndolo oficial y permitiendo que se conozcan entre ustedes.

—Bienvenida al Círculo de los 99 Amaneceres, promoción del 2002. Seremos como las tres mosqueteras del verdadero amor: todas por el amor y el amor para todos —dijo Judith sonriendo y me abrazó hasta que me perdí en su cuerpo.

El Círculo de los 99 Amaneceres

Pensé que Cindy y Judith estaban bromeando. No tenía nada en común con ellas y menos con Zezille, que era una niña. Y tampoco veía que tuviera el talento de salvar a nadie cuando yo misma recién estaba curando mis propias heridas.

Pero estaba ciertamente equivocada.

Pronto descubrí la relación entre Judith, Zezille y yo. Compartíamos un fino hilo, el mismo que ligaba a miles de personas en esa ciudad, la muerte de un ser querido ese día de septiembre. Sentí la cercanía cuando compartieron sus historias.

Zezille nos dio el encuentro en el teatro. Estábamos sentadas en el suelo tras bambalinas, recostadas en unas mullidas rocas inmensas, parte de una escenografía de aluvión, hechas de un material suave al tacto.

La niña traía consigo una pizza para las cuatro. Pensé en las calorías y en el peso que ganaría por co-merme un cuarto de esa pizza cuyo aroma ya invadía el local. Pensé en el ejercicio que tendría que hacer para deshacerme de las calorías extra que estaba a punto de comerme. Sentí el hambre en mis tripas y vi a Zezille colocando la caja en el suelo, sentándose al lado mío y destapando la caja. Judith cortó unas servilletas de papel toalla y las pasó. Cindy jaló un triángulo inmenso y lo colocó en mi servilleta.

—No te preocupes de engordar —me dijo sonriente—. Mientras más te preocupes más te engordarás. Te prometo que en el Círculo de los 99 Amaneceres quemarás todas las calorías que tu cuerpo necesite quemar. Déjate de discutir contigo misma y hazle caso a tu espíritu…

—Que decidió hace rato que se comería un pedazo y no sufriría —interrumpió Judith.

Las miré a las dos. Coloqué un pedazo de servilleta encima de la pizza y exprimí hasta que el papel se oscureció.

—*YIKES* —gritó Zezille—. ¿Qué estás haciendo?

—Sacándole la grasa —contesté, mostrando el papel completamente calado en el sebillo líquido—. Es un truco de dieta.

—Prueba un mordisco de pizza de verdad —dijo Zezille ofreciéndome su pedazo—. Prueba. No seas miedosa.

Todas me miraron. No tuve más remedio que morder.

—¿Rico? —preguntó Judith.

—Delicioso —contesté y sentí que mi espíritu daba saltos de felicidad dentro de mí—. No sabía que la pizza era tan exquisita.

—Se acabó la dieta —proclamó Cindy—. La dieta física y la del alma. De ahora en adelante te darás permiso para probar de todo, especialmente de aquello que te jala con fuerza y todavía más de todo lo que te da miedo. El amor profundo es el reverso del miedo. Donde hay amor, por ti, por otros, el miedo no puede subsistir y desaparece.

Sonreí.

—¿Cómo conociste a Cindy, Judith? —pregunté. Ya llevábamos varias horas juntas y tenía mucha curiosidad.

Judith se levantó para traer unas botellas con agua. Las pasó y se sentó de nuevo en el piso con nosotras. Se hizo silencio. Judith cerró los ojos, se acomodó los rulos pelirrojos detrás de la oreja, destapó la botella y bebió un sorbo, luego la colocó lentamente en el suelo y nos relató aquel día desde donde ella lo vivió.

—La conocí la tarde del 11. Yo estaba desesperadamente buscando a una amiga que en la confusión se me perdió de vista cuando salimos de la primera torre impactada, la norte. Bajábamos apuradas cuando nos dijeron que teníamos que evacuar y llegamos juntas hasta la salida del edificio, pero en el bullicio infernal de la calle y del tumulto corriendo y el horror de gente saltando de los edificios y de las torres desplomándose, simplemente nos separamos. No la podía encontrar. Yo no trabajaba allá, la fui a visitar para que me presente a unos ejecutivos de su firma que nos harían una donación para nuestro teatro. Deambulé por horas por la zona cero, tratando de reconocerla en las caras ennegrecidas por el hollín de las mujeres que me encontraba. Tenía que estar viva, si llegó hasta la salida conmigo, tenía que estar viva.

Judith miró a Cindy, ella le devolvió la mirada con mucha ternura.

—Empecé a llamarla en voz alta —continuó Judith—. Atardecía y estaba perdiendo las esperanzas. Lo único que me mantenía moviéndome era el pensamiento optimista de que tal vez regresó al edificio a buscar a alguien. Su novio estaba en uno de los pisos de arriba y mientras bajábamos ella me rogaba que la acompañara a buscarlo. Cindy me ofreció una bebida y escuchó lo que tenía que decir. Zezille estaba con ella. Iba agarrada de su mano, su cuerpecito tembloroso aferrado a Cindy. Cuando nos despedimos, me entregó una servilleta con su información escrita a mano. Nunca encontré a mi amiga pero en el proceso de salvación encontré a Cindy.

Nos quedamos en silencio nuevamente.

—¿No vas a preguntarme a mí? —dijo Zezille.

La miré. No quería saber aunque ya lo sabía.

—Zezille quedó huérfana ese día —dijo Cindy.

—Mi mamá —agregó Zezille—. Cindy está tratando de adoptarme porque me quedé sin nadie y me pusieron en *foster home,* un hogar adoptivo temporal, pero eso era tan horrible que hace poco me escapé y busqué a Cindy. Ella me ayudó el día de las torres. Mi mamá era su amiga. Cindy me encontró en la calle, sola, dando vueltas buscando a mi mamá ese día. El 11 de septiembre es mi cumpleaños y mi mamá me permitió faltar a la escuela, la acompañaría al trabajo por la mañana y luego nos iríamos a celebrar con almuerzo y una película en el cine. Cuando ocurrió el ataque, igual que Judith, estábamos juntas, bajando las escaleras en la torre norte, pero mi mamá me dijo que me adelantara, que bajara corriendo porque yo me podía escurrir entre la gente y así lo hice. Pero cuando llegué al primer piso, ella no estaba. Esperé y esperé, con el corazón en la mano esperé verla en cualquier segundo; pero cuando la torre sur se cayó, los bomberos nos obligaron a dejar el edificio. Y no la volví a ver. Corrí. Todos corrían en ese momento y luego de unas cuantas cuadras me encontré con Cindy.

Cuando levanté mi mirada del suelo me di cuenta que todas llorábamos.

Luego fue mi turno de contar mi historia, de conmemorar con palabras mi pérdida. Sentía miedo a fracasar, a no poder evocar lo sucedido con oraciones que le confirieran la profundidad del vacío que quedó en mí desde ese día.

Cindy intuyó mi aprensión. Sus palabras llenaron el espacio con sabiduría y transformaron la oscuridad de mi espíritu en entusiasta albor.

—La oscuridad y la luz. Se trata de un equilibrio que perfecciona cada una de nuestras vivencias. Si la oscuridad te preocupa, recuerda que la perfección se encuentra en continuo crecimiento… imagina la oscuridad como la luz que está creando el próximo espacio que llenará. Entra con júbilo en la oscuridad y llénala con tu luz —dijo Cindy, su mano colocada sobre mi rodilla. Era un mensaje para todas las que nos encontrábamos ahí, pero en su mirada pude ver que enunció aquellas palabras para mí.

Las invocaciones de Cindy llegaron hasta mí sin titubeo y me abrazaron. La frialdad de ese día de septiembre desapareció y en su lugar quedaron todas las cosas buenas, todos los recuerdos que en ese instante fueron desenterrados para llenarme con la luz de la bondad que Chris, mi novio, dejó en mí a su paso por mi vida.

—Chris era mi novio. Era un hombre como pocos. Generoso, idealista, inteligente… no era increíblemente guapo pero lo que le faltaba en el exterior le sobraba en el interior y eso era lo que me cautivaba de él. Realmente atraía a toda persona que conocía con su carisma, su risa fácil, su entusiasmo contagioso y su actitud positiva. Él murió en esa fecha también, su cuerpo atrapado entre los escombros nunca fue encontrado. Y yo, en lugar de honrar su recuerdo, convertí mi dolor en borrachera constante. Hasta el día que recordé a Cindy, a quien conocí el 11 de septiembre, en el momento en que el primer avión se estrellaba contra la torre, y fui a verla. Mi vida cambió en el instante en que toqué la puerta de Cindy y ella me recibió con los brazos abiertos, llenando con su luz mi oscuridad.

¿Estás aquí para inspirar
o para retar?

Con Cindy aprendí la mentalidad de la abundancia y que cada evento trae consigo una lección que podemos aprender para mejorar nuestras vidas. Fue difícil, lo admito. Viniendo de un país como Perú, en donde millones pelean por migajas, y en donde tantos fuimos azotados por guerras, pésimos presidentes y terrorismo, es difícil entender que si todos deseamos compartir siempre habrá algo para todos y que hasta las cosas malas sirven para dar paso a algo nuevo y mejor.

—Quiero que Nueva York deje de ser para ti solamente la ciudad donde vives y se convierta en la ciudad donde estás completamente presente, no solo en cuerpo sino también en espíritu consciente —me dijo Cindy cuando caminábamos de regreso a la estación del metro después de nuestra primera reunión en el teatro. Judith se quedó ordenando sus materiales escenográficos. Zezille vino con nosotras.

Nevaba de nuevo. Copos finos que caían como plumas del cielo y se asentaban en cámara lenta sobre las aceras. Franqueamos una avenida que de día era imposible de cruzar casi sin tener que mirar si venían carros. Llegamos a la entrada de la estación.

—Algunas personas están aquí para inspirarnos, otras para retarnos —murmuré mientras bajábamos hacia el túnel; o mejor dicho, repetí unas palabras que llegaron hasta mi pensamiento y luego obligaron su paso hasta mi lengua.

Cindy se detuvo al final de la escalinata. Zezille se pegó a ella y puso su mano enguantada dentro de la de Cindy. Las dos me miraron asombradas.

—¿Cuál eres tú y cuál quieres ser tú? —dijo Cindy, ofreciéndonos asiento en una banquita. La terminal estaba desierta.

Pensé por un momento en mis palabras y en las suyas.

—Quiero ser ambas —dije por fin.

—¿Por qué? —preguntó Cindy.

—Toda mi vida he sido un reto para todos los que han tratado conmigo. Pero he sido un reto en el sentido negativo. Nunca he sido una inspiración, de eso estoy segura. Soy egoísta, miedosa, envidiosa, negativa. Pero siento ahora que si dejo libre a mi espíritu para mostrarse como amor puro, como dices tú, tendré tanto para dar y estaré tan ocupada entregándome que podría convertirme de alguna manera en una inspiración para otros —dije, subiendo la voz cada vez más porque se acercaba el tren.

Zezille sonrió y en su rostro con ojitos achinados vi a Ceci. La abracé con el cariño que le debía a mi amiga de la niñez y ella me devolvió el afecto.

Caminamos hacia el tren que ya se había detenido para recoger pasajeros. Zezille iba en el medio, con una mano agarrada de Cindy y la otra de mí.

—¿Por qué? —preguntó Cindy nuevamente una vez que nos sentamos.

La miré. Quería ser como ella. Siempre serena, pacífica, iluminada.

Me desajusté la bufanda y contesté:

—Quiero inspirar amor, abundancia, reconexión con nuestras verdaderas esencias. Quiero iluminar el entendimiento de las personas con quienes interactúo y de alguna manera ayudarlas a entender que tienen opciones y libre voluntad. Quiero retarlas a ver más allá de su exterior y del exterior de otros, desafiarlas a tomar acciones que beneficien a otros, incitarlas a buscar en su esencia las respuestas a las dificultades que encaran. Quiero que el mundo sepa que cuando todos cooperamos siempre habrá para todos, más bien habrá de sobra para todos. Mientras más das más tienes, ¿no es esa la idea?

—Amar al prójimo como a ti mismo —dijo Zezille.

—Pero solamente puedes amar al prójimo si te amas a ti misma —intervino Cindy—. Aquí es donde muchos trastabillan y caen y se desesperan y se frustran y terminan odiándose y odiando el mundo que les rodea porque no entienden que el amor verdadero, el que se puede regalar generosa y espontáneamente, tiene que empezar por casa. Tú no eres tú misma cuando no te amas. Y no me refiero a amarte de una manera narcisista, amar tu reflejo en el espejo. Me refiero al amor que viene de la conexión con tu esencia, de saber que eres amor puro creado para libremente amar. Que estás en este cuerpo para llenar el propósito de tu espíritu. Que cuando vives arropada con el manto de amor incondicional tu vida se transforma y transcurres por este mundo sin grandes obstáculos, porque todo se convierte en un reto o una inspiración que al ser libremente aceptado por ti inevitablemente desemboca en abundancia de felicidad. La mayoría de gente se pasa la vida entera tratando de arreglar los desperfectos físicos, lo que la gente puede ver desde afuera, lo que ellos piensan llenará el vacío. Se pasan la vida tratando de arreglarse con dietas, con cirugía plástica, con dinero, con un puesto alto, con premios y compras materialistas. Pero eso les da una alegría efímera porque el júbilo viene de adentro y solamente lo puedes conseguir cuando te regalas lo que realmente necesitas: compasión, entendimiento, seguridad, amor... Reconexión con tu esencia.

No sé cómo explicarlo con palabras porque creo que todo lo que recibí en ese momento vino del espíritu creador que acompañaba a Cindy a donde fuese, pero trataré. Yo miraba sus labios moviéndose y cada palabra formada en letras de oro saliendo de su boca y colocándose una detrás de la otra, llenando el vagón, y luego transformándose en una melodía hipnótica que con la fuerza de toda una vida vivida al otro lado del amor me partió en dos y de mi ser negativo emergió una persona desconocida y bella, sin las ataduras a las culpas del pasado ni a la ansiedad atolondrada por el futuro.

En esa noche de invierno, en un tren donde podía palpar las penas de los cientos de miles que alguna vez se sentaron en el mismo lugar que ocupábamos nosotras, nací yo.

Las voces de la razón
y la oscuridad del temor

La historia podría haber finalizado en el tren y todos felices. Pero la verdad es que no basta con el nacimiento para contar como vida entera, ese es únicamente el inicio. Luego vienen los días, muchos con bendiciones, muchos de pruebas.

Amanecí con dudas. No sería yo si no tuviera emociones fluctuantes. Deseaba de todo corazón seguir para adelante, tomar el reto y la inspiración que se me presentaron como regalo del cielo con Cindy, pero esa no era yo. Tenía que cuestionar todo. Titubear porque no me sentía merecedora de nada bueno. Flaquear aun estando en la presencia de la luz. Buscar la oscuridad.

Me vestí rápidamente y con el corazón acongojado salí con dirección al teatro. Siendo yo enrevesada y encubridora, no podía preguntarle directamente a Cindy; así es que se me ocurrió buscar a Judith.

Camino a la estación, las voces negativas vieron su oportunidad completamente abierta y se abrieron paso hasta mi mente. Temblé al escucharlas. No sabía que todavía me acechaban. Pensé que fueron desterradas de mi nuevo paraíso la noche anterior. *Cindy no te puede haber escogido a ti. Se ha equivocado. Ha visto algo que no existe en ti. Tú eres egoísta, miedosa, envidiosa. Tú misma lo dijiste. Tú misma lo reconociste. ¿Piensas que eso se pierde de la noche a la mañana? ¿Piensas que te puedes deshacer de tu esencia tan fácilmente? Nosotros somos tu esencia. Cindy te ha escogido porque quiere hacer algo malo contigo. Eso es lo que es. Vio cómo eres y te escogió porque eres marca fácil,* dijeron las voces. *Pero yo fui hasta ella. Yo fui la que la busqué. Yo fui la que regresó una y otra vez. Yo soy la que quiere cambiar,* contesté con furia, no me quería dejar amedrentar. *Es una trampa. Cindy es una asesina. Lo suyo es una de esas sectas secretas que te lavan el cerebro,* contestaron las voces. *Protégete de ella, pregúntale a Judith. O mejor no, no le preguntes. La colorada y la criatura son parte del encanto de Cindy. Ellas también están en esta secta. Te convertirán en sacrificio humano y te comerán en este mismo teatro, ahí donde comiste pizza anoche, ahí es donde te ofrecerán a sus dioses,* insistieron las voces. Ya había llegado hasta el teatro, bastaba entrar y poner todos esos miedos en manos de Judith. Puse mi mano en la cerradura y giré. *Verán que no hay nada que temer,* dije con certeza, había recuperado mi convicción. *Vas muerta,* contestaron las voces.

Caminé con rapidez entre las butacas hasta llegar al tabladillo. Subí los tres peldaños y atravesando el escenario me dirigí hacia atrás. Encontré a Judith encaramada en un andamio, desde mi punto de vista solamente podía divisar su pelo rojo y alborotado. Llamé su nombre en voz alta. Tuve que hacerlo un par de veces porque la música a todo volumen y el ruido del martillo que estaba usando no permitían que mi voz llegase hasta donde estaba ella. Por fin, advirtiendo mi presencia debido a una sombra gigantesca que se posó sobre ella, Judith volteó y me saludó desde lo alto. Terminó de martillear una pieza y se deslizó por los fierros del andamiaje hasta llegar al piso.

—¡Ari! —saludó besándome y abrazándome.

No le creas nada, dijeron las voces. *Cállense de una buena vez, carajo,* murmuré.

—¿Qué haces aquí? —preguntó mientras se secaba el sudor con una toallita.

—Amanecí pensando en ti, en que te quería conocer mejor. Y aquí estoy —mentí.

—Ari, qué linda. Mira, no tengo tiempo para sentarme y conversar; pero si quieres ayudarme con unas cositas, yo feliz de que me acompañes. Se pone lúgubre aquí cuando estoy sola y me asusto hasta con el crujir de la madera vieja —contestó y me pasó un martillo y una caja con clavos.

—Está bien —le dije.

Caminamos juntas hasta el andamio. Judith se subió primero y luego me alcanzó el brazo para ayudarme a subir. Me enseñó lo que debía hacer y empezamos con la tarea. Las voces se acallaron y las inquietudes desaparecieron, pero igual pregunté:

—¿Qué sabes de Cindy? ¿Del *Soul blending*?

Judith me miró, puso sus manos sobre mis hombros.

—¿Alguien se siente rara y quiere una explicación racional a algo bendito?

Asentí. Luego negué. Finalmente asentí y bajé los ojos.

—Ari, es normal. No te sientas mal por tener preguntas acerca de algo que no entiendes —dijo Judith, su tono de voz jubiloso y desentendido de la oscuridad me calmaba—. Lo de Cindy es ayudar al mundo entero sin buscar recompensa. Bueno, su recompensa es transformar a las personas como tú y yo, reconectarnos a lo que hemos perdido dentro de la confusión que es vivir, mostrarnos nuestra verdadera esencia y llevarnos a un nivel de consciencia alto, en donde nos podemos compenetrar el uno con el otro sin los miedos ni los prejuicios que cargamos para defendernos. Nuestro ser racional nos comanda con miedo mientras que nuestro verdadero ser nos guía con amor. ¿Qué diferencia, verdad?

Moví la cabeza para asentir pero las dudas me asaltaron nuevamente.

—¿Es una secta? ¿Lo que Cindy hace es algo de una secta? ¿Nos lava el cerebro? —pregunté con la seguridad de que Judith me confesaría la triste verdad.

Judith rio. El eco de su risa resonó de pared en pared hasta perderse en los asientos del paraíso, casi tocando el techo.

—Perdóname, Ari, pero es que tienes una imaginación asombrosa… Seguro que hasta pensaste en sacrificios humanos y que nos comemos los corazones palpitantes de vírgenes —dijo Judith dejando el martillo en el suelo y sentándose en el andamio con las piernas sueltas en el aire.

Alargó su mano y me jaló del pantalón hasta que me senté junto a ella.

—Pensé en todo eso, menos lo de los corazones —dije apesadumbrada por mi propia idiotez.

—Es normal. Te confieso que yo también pensé en cosas raras cuando recién conocí a Cindy. Es como que no puedes creer que alguien tan bueno, tan puro, haya llegado a tu vida y te proteges creando desconfianza hacia esa persona y diciéndote las peores cosas que puedes encontrar acerca de ti misma. En lugar de confiar y abrir la puerta a algo maravilloso, prefieres sentirte mal, hacerte sentir mal, decirte barbaridades que te limitan. Así somos, Ari. Pero créeme, Cindy es de verdad, *the real deal*, tenemos suerte que nuestras esencias se encontraran y encima en medio de un trauma; nosotras, que somos imperfectas por fuera, que recibiéramos anuencia para hallarnos, para descubrir júbilo en la verdad.

Destapé una botella con agua y saboreé el líquido en mi boca. Hasta el agua tenía un gusto diferente desde que conocí a Cindy.

—Tienes razón. Me *friquié* por el miedo.

—Hazme un favor. Apenas puedas quiero que escribas una lista de las cosas buenas en tu vida. Verás que tienes más positivo de lo que piensas —me contestó y me dio un abrazo, luego subió el volumen a la música y se dedicó a clavar de nuevo.

Al salir del local me percaté que Judith no me contó nada acerca de Cindy. Retrocedí unos pasos con la intención de regresar y preguntarle, pero cuando llegué hasta la puerta decidí que me sentaría mejor preguntarle a Cindy directamente.

Toqué la puerta del apartamento. Zezille abrió. Llevaba puesto un delantal de cocinera que le quedaba grande. Me abrazó en la cintura y yo le devolví el cariño pasando mi mano por su cabello.

—Plátanos fritos —contestó Zezille como si me hubiera escuchado preguntar en mi mente qué era ese delicioso olor a fritura dulce que impregnaba el ambiente.

—Uy, qué rico —dije y me invité a pasar y sentarme en uno de los banquitos de la cocina.

—¿Te gustan mis tenis? —preguntó Zezille, mostrándome unos zapatos deportivos con dibujos de corazones y estrellas y sonrisas—. Yo misma dibujé estos.

Así, cuando los regale al Goodwill, alguien los encontrará y sabrá que son zapatos contentos.

Miré hacia abajo y vi los dibujos en diferentes colores alegres.

—Me gustan mucho. Eres bondadosa, piensas en los demás —respondí y deseé para mí el corazón de una niña—. ¿Y Cindy?

—Con los pájaros, arriba en el techo —dijo señalando con la espátula hacia lo alto.

—¿Pájaros en el invierno?

—Los que están heridos y no pueden volar. Cindy los cuida hasta la primavera.

—Guárdame platanitos, no seas malita. Voy a conversar con Cindy y ya regreso —dije y me levanté para salir.

Permite que el amor brille en ti y nunca tendrás nada que temer

Encontré a Cindy dentro de una pajarera montada con retazos de materiales de construcción. El gorjeo de palomas en el invierno me sorprendió. Abrí la puerta enrejada y la madera antigua chirrió. Lágrimas rodaban por mis mejillas debido al viento helado que corría fuerte en el piso abierto de la azotea. Los pájaros murmuraron un saludo, como avisándole a Cindy de mi presencia. Ella volteó. Tenía una paloma en la mano, su minúscula pata llevaba una venda blanca.

—Está viejita —dijo Cindy acariciando la cabeza del animal mientras se acercaba para mostrármela. El viento movía con firmeza las maderas en la estructura precaria pero, misteriosamente para mí, ya no se sentía el frío agudo de afuera—. Ha llevado una vida larga y alegre. Pero este es posiblemente su último invierno.

Acaricié la paloma. Sentí su cuerpo caliente sobre mi mano, su respiración en mi dedo pulgar y el bisbiseo suave, casi imperceptible, de su arrullo. Una docena de palomas surcaban el pequeño espacio, saltando de una madera a otra, deteniéndose en los hombros de Cindy.

—¿Qué haces aquí con palomas? —pregunté.

—No hay quién las cuide cuando se enferman. A veces se estrellan contra los edificios y las recojo de la calle. Otras veces se han comido un pedazo de plástico en el parque y las ayudo a devolverlo y luego las traigo a mi pequeño hospital. Se quedan aquí hasta que puedan volar solas.

Una paloma se posó sobre mi hombro y empezó a picotear.

Cindy puso unas semillitas en mi mano y la paloma voló hasta allá y picoteó.

—Son lindas. Nunca vi una tan de cerca. Siempre me han dado miedo. Pienso que les doy de comer a unas y luego vienen más y más y más. Hasta que me empiezan a perseguir y picotear por todos lados. Y yo ya no tengo nada más que darles —confesé.

—¿Como en la película de los *Pájaros*? —preguntó Cindy y puso semillas en mi otra mano y acercó a una segunda paloma para que comiera.

—Sí, como en la película. ¿Nunca te ha pasado? —afirmé, sintiendo cosquillas en mis manos y alegría cautelosa en todo mi cuerpo. El corazón no me latía ansioso. Pensé que aquello era una buena señal.

—Nunca. Estos pájaros saben que los he rescatado y que los trataré bien —dijo Cindy mientras se besuqueaba con la paloma que tenía la pierna vendada—. ¿Cómo supiste dónde encontrarme?

—Zezille me lo dijo —contesté y esperé a que de alguna manera la conversación desembocara por sí misma en lo que me preocupaba.

Cindy tomó una teterita que reposaba en un calentador portátil y sirvió agua hirviendo en dos tazas, les colocó bolsitas de té verde y me pasó una taza.

—No tengo miel acá arriba —dijo y dejando su taza en el mismo sitio donde se sirvió regresó a otro pájaro que necesitaba curación.

La observé mientras auscultaba una herida en un pichón. Las otras aves dejaron de revolotear dentro de la pajarera y perchadas en un madero parecían también prestar atención a los movimientos de Cindy que hábilmente remendaba con la facilidad de doctor veterinario al pobre pajarito.

—Listo —declaró Cindy apenas terminó de limpiar y coser la llaga infectada—. Ahora le ponemos esta vendita y mañana estará como nueva.

La paloma gorjeo cuando Cindy la colocó al lado de los otros y le ofreció unas semillitas. Juraría que le estaba agradeciendo.

—Tengo que hablarte —dije por fin cuando vi que Cindy no me hacía la pregunta indicada. En aquella época la paciencia no era mi fuerte.

—Dime —contestó y tomó su taza con té.

La miré. Me sentí mal por desconfiar de ella, pero me repetí que tenía que saber.

Nos sentamos pegaditas en unas graditas de madera que Cindy consiguió de una tienda de muebles y colocó en un rincón que me presentó en ese momento como el «Rincón de meditación».

—Dime —repitió y puso su mano roja y fría sobre la mía. La tomé entre mis guantes.

—Estás casi morada —le dije al darme cuenta que todo ese tiempo estuvo desabrigada—. Dame la otra mano antes de que se te congelen del todo.

Cindy colocó la taza a un costado, apoyó su cabeza sobre mi hombro. Uno de los pájaros metió el pico, bebió del brebaje caliente y agitó el cuerpo. Nos reímos.

—Espero que no se haya quemado —dijo Cindy—. El agua estaba hirviendo.

—Necesito decirte algo —susurré.

—¿Qué? —susurró Cindy imitándome.

—Necesito saber cómo sabes lo que sabes. Si eres quién dices que eres. Mira: los primeros días que nos conocimos estaba toda contenta y entusiasmada y después…

—Después se te pasó y te entraron las dudas —interrumpió Cindy.

—Sí. ¿Cómo sabes qué…?

—Sentiste que tu corazón se agitaba, que llegaba un ataque de pánico y fuiste a preguntarle a Judith qué es lo que sabe acerca de mí.

—Sí. Pero…

—Y Judith te dijo que yo era de verdad, *the real deal.*

Casi me caigo de las graditas cuando me dijo eso. Pero luego aclaró sonriente:

—Judith llamó hace un rato.

Sonreí y apreté sus manos entre las mías.

—No sé en quién confiar, Cindy. Siempre soy así. Todo está bien hasta cierto punto y luego las dudas, la ansiedad —contesté.

Retiró sus manos y las colgó de mis hombros.

—Tienes un cuerpo y una mente muy testarudos. Se niegan a confiar en lo que no pueden comprobar fehacientemente. Mientras tanto, te inundan con el veneno de la ansiedad. El corazón te late tan fuerte que parece que se va a salir por tu boca y tú entiendes ese mensaje físico como una indicación de riesgo. El problema es que tu corazón siempre está latiendo a toda velocidad. ¿Quiere decir que siempre existe riesgo o que tu cuerpo se ha acostumbrado a hacerte creer que el fin del mundo llega a la vuelta de cada esquina? Ves una sombra en la calle y piensas que alguien te asaltará. Tu jefe se acerca a conversarte y tú te sientes enferma porque crees que esta vez está haciéndose el simpático porque quiere ser buena gente antes de despedirte. Alguien te dice unas palabras de aliento y tú empiezas a maquinar que esa persona quiere algo de ti... o peor, piensas que no te lo mereces.

Asentí. Las lágrimas agolpadas ya en el lagrimal. Y yo, desarmada por el calor, por el amor sin cadenas que emanaba de la esencia de Cindy. Y entonces me dijo algo que nunca olvidaré:

—El miedo nace de la desconfianza y la desconfianza solamente puede crecer en donde el amor esté ausente. Si permites que el amor brille en ti, no tendrás nada que temer.

Dame 99 amaneceres y te regalaré la claridad de propósito que anhelas

Cindy me contó su historia mientras comíamos la opípara cena de arroz con plátano frito, huevo frito y puré de papas que preparó Zezille. Todo acompañado por supuesto del bendito té verde para ayudar a que la grasa no se quedara pegada en su descenso hasta el averno de los jugos gástricos del estómago.

Cindy creció en el seno de una familia perteneciente a la Iglesia episcopal. Su padre era un sacerdote. Su madre era la directora de la escuela secundaria del pueblo donde vivían. Siendo la segunda de cuatro, Cindy siempre tuvo responsabilidades de adulto para con sus hermanos menores y tareas domésticas en base a su edad. En las mañanas le tocaba encargarse de que Patrick y Christian estuviesen vestidos y desayunados y a la hora exacta para tomar el ómnibus escolar que los recogía a dos cuadras de su casa en una zona rural de Útica. En las tardes ayudaba con las tareas escolares y lavaba los platos de la noche anterior. Dos veces por semana también le tocaba organizar la comida, cerciorándose de que todos los ingredientes, sartenes y ollas estuviesen listos para que cuando su mamá regresara del trabajo pudiera ponerse a cocinar la cena de inmediato. Durante los fines de semana de invierno acompañaba a su papá a atender las necesidades de parroquianos que se encontraban confinados en sus casas debido a enfermedades. Durante los veranos ayudaba en el campamento de vacaciones. En su casa se practicaban creencias de justicia social inculcadas por sus padres y proclamadas al final del pacto bautismal recitado en su iglesia, un mini catecismo mitad Credo de los Apóstoles mitad resoluciones prácticas acerca de cómo vivir la fe, utilizado en los bautismos, en la Semana Santa y en otras ocasiones especiales y que plantea en pocas palabras una misión de vida trascendente: *¿Buscarás y servirás a Cristo en todas las personas, amando a tu prójimo como a ti mismo? Así lo haré, con el auxilio de Dios. ¿Lucharás por la justicia y la paz entre todos los pueblos y respetarás la dignidad de todo ser humano? Así lo haré, con el auxilio de Dios.*

Pero llegando a la adolescencia, Cindy empezó a percibir cambios en su persona más allá de las permutaciones físicas de una niña que se convierte en mujer. En sus diarios encuentros con amistades, profesores y miembros de su iglesia, ella reconoció y afirmó por fin la existencia de su talento innato, algo que de pequeña su madre le ayudó a descartar llamándolo su «amigo imaginario», un talento, un *gift* del que no pudo escapar más adelante, aun cuando entendía que revelarlo presentaría muchísimas dificultades. Cindy podía escuchar las voces de las almas de cada una de las personas con las que interactuaba cotidianamente. Escuchar y comprender, desarrollar esa habilidad no le infundió miedo. Desde el comienzo supo que aquel era su llamado en la vida y aunque al inicio las voces se confundían y entremezclaban, agobiándola con un torrente de información que muchas veces le era indescifrable, pronto aprendió a calmar y canalizar las transmisiones, colocando cada secuencia en orden y atendiendo a los *Souls* por orden de llegada. «Eran tantos los que se dieron cuenta que yo podía conversar con ellos, que al comienzo fue abrumador», nos confesó Cindy cuando pasamos a la salita para la sobremesa.

Al principio Cindy simplemente estaba maravillada con este poder sobrenatural. Jugó con él durante los primeros años, adivinando lo que una persona iba a decir antes de que lo dijera y celebrando por dentro su astuta intuición. Realmente, como toda joven de esa edad, no tenía la menor idea de cómo disponer de una fuente de información tan poderosa. Luego aprendió a tomar notas de lo que el espíritu de una persona le iba diciendo, muchas veces era información desordenada que no parecía tener sentido, y ponía su libretita mental a un costado, hasta que necesitara esos retazos ininteligibles, y se concentraba en el aspecto de la conversación que parecía ser de mayor importancia para esa persona. Nos contó que era como cuando dos amigas de toda la vida dejan de verse y de pronto se encuentran inesperadamente y están felices de verse y sus mentes se desbocan alocadas como si quisieran compartir en segundos las historias que tomaron años en suceder, echan pensamientos deshilados, disparatados y conversan de todo al mismo tiempo, saltando de un tema a otro y a otro y a otro, sin terminar la idea de ninguno.

—No fue hasta la universidad que pude entender qué era lo que tenía en mis manos. Y, por supuesto, no se lo dije a nadie. Menos a mi familia, que aun cuando creen en un Dios que no pueden ver no podrían creer en el poder sobrenatural de entender las voces de los espíritus de otros. Lo llamarían *hocus pocus*, una blasfemia.

Pero yo opino que si podemos creer en que todos tenemos almas también podemos creer que esas almas tienen voces. Lo que muchos llaman intuición, o un golpe de suerte, o creatividad, es nada menos que la revelación de esas voces en nuestro plano físico. Por ejemplo: cuando un autor termina una obra, muchas veces dice que no sabe de dónde llegaron hasta él aquellas palabras, que escribió como si le estuvieran dictando. Y esa es la manifestación del alma plasmada en un libro. El espíritu está en nosotros y busca vías para canalizarse, para manifestarse ante nuestros ojos, para decirnos lo que necesitamos saber y guiarnos en nuestras vidas. No lo pude negar. Así que me vine para Nueva York con la idea de desarrollar el talento que mi Creador me regaló y usarlo para hacer bien —Cindy dijo.

Luego de un tiempo asentándose en la ciudad, Cindy se sentía sola y el miedo a no aportar nada de interés, de haber dejado a su familia por una quimera, la invadió con tal fuerza que en un arranque compró el boleto de autobús para regresar a Útica. En pocos días traspasó el arrendamiento de su apartamento a otra familia, regaló los pocos muebles que compró, hizo sus maletas y se dispuso a vivir una vida tranquila y sin sobresaltos. Determinó que de alguna manera apagaría las voces y entonces su perturbación desaparecería. Pero en la estación sintió a su espíritu negándose a partir. Varias veces se acercó hasta el andén para abordar y cada vez sentía que su alma le clamaba quedarse en esa ciudad. Por fin aceptó escuchar el mensaje distorsionado por sus emociones que venía de su *Soul*, de la profundidad de su ser: «Dame 99 amaneceres y te regalaré la claridad de propósito que anhelas», declaró la voz que la guio meses antes hasta la metrópolis. Rompiendo su boleto en mil pedazos, Cindy tomó sus maletas y se sentó en una banca en la terminal. No tenía dónde vivir, ni siquiera dónde quedarse esa noche. Cerró sus ojos para pensar y escuchó: «El amor lo es TODO. Cuando alineamos nuestra consciencia de libre voluntad a esta verdad, nos convertimos en esencia, en espíritu, en amor mismo». Cuando abrió los ojos de nuevo, sobresaltada por lo que aprendió, se percató que una joven estaba pasando unos papeles a los transeúntes que se dirigían hacia las puertas. Sin saber por qué, le pidió un volante y le hizo asiento en la banqueta. Se sentaron juntas. La mujer le explicó que estaba buscando *roommate*, una compañera de cuarto. Cindy le preguntó si podía quedarse únicamente cien días. La joven la miró con extrañeza pero decidió pactar con ella bajo sus términos inusuales.

Cindy tornó al apartamento con Charlene, se instaló en un cuarto pequeño pero con vista a un patio trasero, le pagó por los cien días por adelantado y con lo que le quedaba de dinero le pidió que le hiciera el favor de comprarle unas cosas en el mercado y le entregó una lista en donde figuraba el té verde en primer lugar. Charlene especuló de nuevo que Cindy era rara pero sintió el deseo de satisfacer su encargo e inmediatamente tomó la lista y el dinero y se dirigió a una bodega cercana.

Cuando regresó, Cindy le indicó que hirviera agua para el té y se retiró a su habitación hasta que escuchó el pito de la tetera sollozando desde la cocina. Sirvió dos tazas con té amargo, una para Charlene y otra para ella, y tomando la suya se fue a la alcoba en donde se recluyó a meditar por noventa y nueve amaneceres. Al día cien, el Círculo de los 99 Amaneceres nació y desde ese entonces Cindy dedicó sus días al trabajo de ayudar a otros, sobre todo mujeres, a descubrir su esencia y utilizarla para llevar el bien adonde fueran.

Cindy se quedó viviendo con Charlene unos años más y gracias a su amistad y su apoyo pudo empezar a realizar las sesiones de conexión de espíritus, de *Soul blending*, y luego a reclutar aprendices.

—Puedo hablar con los espíritus de los muertos y avistar el futuro, pero mi misión es rescatar los espíritus de quienes ya no los escuchan hablar aquí, en el presente. Les traigo esperanza de que existe algo más grande que este cuerpo físico y que nuestra mente se empeña en decirnos todas las cosas malas que somos y en hacernos sentir miedo y rechazo, cuando tenemos la compañía dentro de nuestro mismo ser de un alma que es perfecta, porque el amor puro es perfecto. Les digo que todos tenemos la posibilidad de desarrollar la capacidad de conectarnos con quienes realmente somos y que cuando permitimos que esa conexión real y olvidada se restablezca permitimos también las cosas que más deseamos en esta vida; seguridad, compasión, entendimiento, amor y reconexión con todo lo que somos —dijo Cindy y atizó la madera en la chimenea.

Unos días más tarde le pregunté acerca de las sectas y el lavado de cerebro. Me soné ridícula cuando expresé mis temores en voz alta pero Cindy me dijo que nunca tenga miedo de preguntar, que casi siempre el miedo de preguntar es muchísimo peor que la respuesta misma, que nos hacemos daño cuando no nos permitimos entender bien. Y luego me dijo que nunca me obligaría a quedarme o hacer nada que yo no quisiera hacer, pero me recordó mi propósito para esos días con las mismas palabras que su espíritu utilizó esa mañana hacía ya una década en la estación de autobús: «Dame 99 amaneceres y te regalaré la claridad de propósito que anhelas».

34 en Zona Cero

Tuvimos la oportunidad de conocer a Charlene a la semana siguiente. Cindy nos invitó a una reunión con las mujeres que formaban parte del círculo, una especié de conferencia anual en el que todas las aprendices que pasaron por los 99 amaneceres, igual que nosotras, regresaban a Nueva York para compartir una semana juntas y realizar un proyecto de servicio comunitario.

Yo estaba dichosa ese día porque tuve una conversación profunda con mi mamá. Me sentía conectada y en paz. Por primera vez en mi vida de adulto sentí que lo que nos dijimos estuvo anclado en verdad, que las palabras llegaron hasta nuestros labios desde un lugar en donde reina el amor puro, un lugar antes desconocido en nuestra relación. Era como si nuestras almas hubiesen pactado con anticipación a la llamada a no herirse y más bien disfrutar de la esencia, saborear con gusto y honrar con cariño. No estuve nerviosa al marcar los números. No sentí las palpitaciones de culpabilidad por lo que hice en el pasado mientras el teléfono timbraba en la casa de mi mamá en Lima. Los rostros de nuestra historia antigua no interrumpieron nuestra conversación. Era como si toda herida hubiese sanado y desaparecido, frente a nosotras solamente estuvo la consciencia del presente. Conversamos sin juzgar, sin adherirnos a los patrones negativos que tantas veces arruinaron momentos que podían haber sido recordados con ternura. No hubo reproches. Nuestros tonos de voz denotaron la pureza del afecto que realmente existía entre nosotras y que yo sin querer olvidé, colocando en su lugar imágenes que realmente respondían a mis sentimientos pecaminosos. No le hablé de Cindy ni del *Soul blending,* probablemente hubiese sido demasiado ya que mi mamá estaba suficientemente preocupada por la posibilidad de nuevos ataques terroristas en Estados Unidos y por mi depresión después de que Chris murió; pero de alguna manera ella sintió en mi voz que lo peor ya había pasado y que yo estaba bien. Antes de colgar me dijo: «Quiero que sepas que estoy muy orgullosa de ti, de todo lo que has logrado y de todo lo que harás con tu vida. Pero lo más importante es que te quiero decir algo que no te digo con frecuencia: te quiero mucho Aranís, te extraño pero también deseo lo mejor del mundo para ti. ¿Me entiendes, hijita? Creo que no te lo he dicho porque daba por asumido que tú sabes. Pero últimamente he sentido muchas ganas de decírtelo en voz alta y en persona».

Cindy lo percibió apenas me vio doblar la esquina y acercarme hasta donde el grupo de 32 mujeres estaban paradas, cerca de zona cero. Esta vez no me acobardé a último minuto. Recordé los momentos de amor con Chris. Descarté de mis pensamientos el horror de su muerte. Decidí honrarlo con mi vida. Era la primera vez que pisaba aquel doloroso monte de las despedidas. Fijé mi esencia en servir a otros. Lágrimas resbalaron, sí, pero esta vez reconocía que eran de felicidad por esta oportunidad de cambiar el rumbo de mi vida.

Cindy se acercó a mí y me dio la bienvenida con un abrazo largo y té verde en un vaso descartable. «Hablé con mi mamá. Fue increíble. Nunca habíamos conversado así», le susurré al oído. «Lo sé», me dijo pasando su mano por mi frente. «Nunca más te sentirás atrapada por tus circunstancias. De ahora en adelante tendrás compasión por ti misma y te prestarás apoyo y amor incondicional». La nieve caía con fuerza. Pronosticaron varios centímetros para ese día. Y sin embargo apenas nos juntamos, tomadas de la mano para formar un círculo, el ritmo de la nevada empezó a disminuir hasta que se detuvo del todo.

Dijimos nuestros nombres, de dónde veníamos y cómo conocimos a Cindy. El grupo tenía de todo. Algunas mujeres entraditas en años, otras como yo, y algunas jóvenes. Zezille era la única niña. Blancas, negras, pelirrojas, latinas, asiáticas... realmente lo que contaba en ese momento era la fuerza de la comunicación entre nosotras y la comunión de nuestro ser físico con nuestro ser espiritual. Al comienzo sentí un mareo fuerte y una oleada de calor y me sorprendí porque el día estaba evidentemente frío pero después entendí que en ese momento, juntas, nos ofrecíamos lo que necesitábamos para realizar la tarea. Lo que nos entregamos ahí fue energía pura.

La obra para ese día consistía en un ejercicio de bondad para con los completos extraños que todavía deambulaban las calles buscando a sus familiares y amigos. Armadas con paraguas, un letrero que ofrecía una sesión gratuita de *Soul blending*, un termo con chocolate caliente, vasitos descartables y dos sillas plegables nos colocamos a una distancia de dos metros entre cada una, llenando con nuestras buenas intenciones las cuatro cuadras adyacentes a los escombros de las torres. Zezille, Judith y yo nos colocamos junto a Cindy. Nos tocaba observar y aprender.

Yo dudaba que alguien se detuviese a pedir ayuda, pero para variar estaba equivocada. A los minutos de acomodarnos, una mujer se acercó y preguntó de qué se trataba lo que estábamos ofreciendo. Era relativamente joven pero tenía el pelo canoso, sus ojos verdes circundados por grandes ojeras parecían haber perdido la vida, se veía cansada, como si su alma estuviese raída.

Cindy la saludó cariñosamente y le indicó que se sentase. A nuestro alrededor, una variedad de transeúntes empezaron a acercarse a las otras conectoras del círculo. La mujer se presentó. Se llamaba Monique. Perdió a su hija mayor en la torre sur. Alexis tenía apenas 25 años y menos de doce meses con la empresa en la que trabajaba. Se mudó de Florida cuando se casó, tres veranos atrás. Su niña nació en julio del 2001.

Monique nos mostró una foto de Alexis, su marido, Brad, y su bebé, Caroline, junto con ella en el bautizo de la niña unas semanas antes de la tragedia. Aparecían sonrientes, celebrando a la pequeñuela que acababa de recibir el sacramento. Pensé en los momentos maravillosos de familia, de esos que creemos tendremos una y otra vez, toda una vida marcada con festividades. Pero para ellos, qué desgracia debe haber sido estar juntos sin saber que aquella vez sería la última.

Monique nos contó que Brad llevó a Caroline de regreso a Florida, pero que a pesar de tener a su nieta, un pedacito de Alexis, cerca de ella, no se podía alejar de Nueva York y viajaba constantemente para visitar las ruinas de las torres, el lugar donde su hija perdió la vida. Nos dijo que de alguna manera buscaba un mensaje, algo de parte de Alexis que la reconfortara y que por eso sentía un extraño consuelo caminando las calles que su hija caminó y estando cerca de otros que sufrieron también la pérdida de un ser querido.

Cindy escuchó con atención y sin interrumpir. Sus ojos cerrados, como concentrándose en el interior, en la conexión de espíritus que imaginé sucedía en aquel momento. Zezille, Judith y yo apenas respirábamos.

Monique pausó, se limpió las lágrimas y luego preguntó si Alexis estaba ahí.

—Está aquí con nosotras, con nuestros espíritus, pero está con ustedes siempre, cada vez que quieran hablarle ella estará ahí. Dice que basta con que usted o Caroline se miren al espejo para verla reflejada ahí. Que tan solo tienen que decir su nombre, recordar su esencia, para sentir la conexión a un nivel íntimo —contestó Cindy.

Monique pensó en aquellas palabras, pasó la mano por el retrato y dijo:

—¿Cómo puedo dejar de pensar en ella? La pena me consume. No tengo cuerpo ni cabeza para nada más… Y yo sé, yo sé, que debería poner todo mi amor en Caroline, pero no sé cómo decirle adiós a mi hija.

—El amor es grande y en él caben todos, sin obstáculos de tiempo ni geografía, pero Alexis quiere que sepa que llegarán nuevos recuerdos y en cada uno de ellos la verán, que no está perdida del todo si siempre está con ustedes en espíritu, que ahora es el momento de invertir en conectar a un nivel de consciencia mayor y que su amor es ahora incondicional y eterno, una maravillosa luz la guía y la hace presente adonde ustedes vayan. Dice que la sentirán en un día soleado y en las burbujas de las olas del mar, en el agridulce de los melocotones y en el picante de una *jambalaya*.

Monique sonrió.

—Son sus favoritos —dijo sorprendida.

También dice que le enseñe a Caroline todo lo que le enseñó a ella de chica, especialmente a bailar y cómo ser una mujer integra que no se deja amedrentar por nada.

—Alexis era muy valiente, una roca, siempre sabía lo que quería y cómo lograrlo. La extraño tanto… —la madre susurró—. Pero ahora siento que me puedo marchar de esta ciudad y que mi hija estará conmigo adonde yo vaya.

—La esencia de una persona no está atada a un lugar —dijo Cindy—. Su hija está junto a usted y Caroline, y lo único que puede cambiar ese hecho es que ustedes decidan olvidarla.

—Nunca —respondió Monique—. Si vine tantas veces a esta ciudad debe haber sido para tener la oportunidad de tener esta experiencia, este preciso momento para contrarrestar todos los otros de dolor. Nunca las olvidaré, y nunca olvidaré a mi hija. Gracias a ustedes ahora tengo la seguridad de que siempre la tendré junto a mí.

Monique se levantó y se despidió. Apenas partió, un hombre tomó su lugar. Otras tres personas esperaban detrás de él. Levanté la cabeza y noté que cerca de cada una de las mujeres del círculo se habían formado colas de personas esperando para consultar. La intensidad de un día de sesiones apenas iniciaba.

Chris y las torres

Esa noche soñé con Chris. Estábamos los dos de la mano, parados cerca de las torres que estaban completas.

—Los edificios también tienen alma —me dijo Chris—. El espíritu de las torres nos acuna y nos acoge a todos los que todavía estamos aquí. Mañana quiero que te tomes una foto y otra y otra. Verás una luz resplandeciente cerca de ti. No te asustes. Soy yo, que todavía te cuido. Lo de Cindy fue mi regalo.

—¿Pero no deberías irte, estar en otro cuerpo? —pregunté.

—Estoy preparándome —contestó—. Pero no me fastidia para nada estar libre de las restricciones de un cuerpo. Recuerda que todo en este mundo tiene espíritu y que tal vez nos volvamos a encontrar.

—¿Cómo sabré que eres tú? —pregunté.

—Te daré una señal: te acariciaré el lóbulo de tu oreja izquierda.

Descubre tu misión y nunca fallarás

Al día siguiente, cuando regresamos a seguir con las sesiones, nos dimos con que nos habían colocado carpas de campaña con el frente abierto en cada uno de los espacios que ocupamos el día anterior. Un hombre vestido de militar se presentó con Cindy y le avisó que su grupo de voluntarios trabajando en la limpieza de la zona nos habían observado de lejos y decidieron apoyarnos. Se los agradecimos y los invitamos a pasar a visitar cuando tuvieran tiempo.

Cuando nos sentamos, Charlene me dijo que sentía que lo mío se arreglaría en poco tiempo. Le agradecí pero no le quise hacer ninguna pregunta. Ella siguió hablando: «Todos tenemos un yo inferior y un yo superior. Nuestro yo inferior es el que habita físicamente en esta tierra y sabe muy poco. Nuestro yo superior es nuestra alma. Cada alma, cada esencia o espíritu o como prefieras llamarla, fue creada de la energía de Dios y regresará algún día a comulgar directamente con la energía de Dios, pero antes debemos reconocer quiénes somos y a qué estamos llamados en este plano físico. Todo lo que Cindy hace y dice viene de un amor divino. Ella es simplemente una de las sanadoras, consejeras y guías espirituales más increíbles que conocerás en tu vida. Y todo aquel que tiene la suerte de trabajar con ella y sentir su presencia, ha recibido bendiciones en todos los aspectos de su vida. Como consejera espiritual tengo la oportunidad de conocer y hablar con muchas personas que poseen dones preciosos, pero no son capaces de usarlos en este mundo. Cindy no solamente tiene un regalo magnífico sino que es capaz de tocar a los demás de una manera que los cambia para siempre. Ella facilita milagros en los demás. Para todas nosotras es una verdadera bendición el conocerla. ¿Entiendes la suerte que tienes de estar con Cindy cuando se presenta esta crisis para nuestro país?».

Moví la cabeza para asentir. Charlene jaló mis manos hacia las suyas y las envolvió con una bufanda. Sentí que el calor crecía entre las dos. «Cindy te retará pronto a que escuches a tu esencia y descubras a qué estás llamada en esta vida, cuál es tu misión», dijo y lentamente desenvolvió la chalina hasta que dejó mis manos libres.

Unas horas más tarde, un muchacho se acercó a tomar unas fotos para una revista de circulación nacional. Mientras se procuraba las imágenes nos contó de una experiencia interesante que tuvo unas semanas después de encontrarse destacado en Nueva York para cubrir el tema de las torres de manera indefinida. Nos dijo que una noche fue a un bar de música *country* y se la pasó bailando y tomando con una desconocida y que luego de que ella se fue él se metió en una pelea a la salida del local. Dos tipos le dieron una pateadura feroz y lo dejaron tirado en la calle. Por ahí pasó una mujer que se acercó y lo acompañó y le habló en un idioma desconocido hasta que la ambulancia y los médicos de emergencia llegaron. Nos contó que le dijeron que lo declararon muerto de camino hacia el hospital pero cuando milagrosamente regresó a la vida en una camilla en la morgue se sentía como si fuese otra persona. Se desternilló de la risa y hasta lágrimas cayeron de sus ojos cuando nos detalló el susto que le hizo pasar al joven doctor que trabajaba el tercer turno en el depósito de cadáveres. «La cara de este pobre doctorcito cuando abrí los ojos y pegué un alarido al encontrarme desnudo sobre la mesa y ya a punto de que me abrieran para la autopsia. Él gritó también al verme histérico, soltó la sierra de cortar y salió disparado como quien ve resucitar a un muerto… Bueno, es que en realidad fue eso. Podría haberme cambiado el nombre a Lázaro. Tuve mucha suerte», dijo mientras tomaba fotos de nuestro proyecto. De pronto posó su mirada sobre mí. «Espera. ¿Nos hemos cruzados antes?», preguntó bajando la cámara por un instante. Aproveché para mirarlo bien, tuve que inclinar mi cabeza ligeramente hacia arriba. Era un hombre de altura mediana y tez del color de la canela, su cabello negro enrulado caía desordenado, juguetón, sobre su frente. Sus ojos eran marrones, moros, redondos, grandes, profundos, tenía la mirada de alguien que ha vivido más allá de sus años, su sensibilidad madura apuraba bajo las densas pestañas negras. Mientras contaba la historia de su muerte y regreso a la vida me pasó por la mente que tal vez aquel fuera el hombre que me devolvió a mí a la vida pero descarté la noción, lo único que se me hacía bastante conocido de él eran sus labios carnosos. Vestía un pantalón de mezclilla, llevaba botas de tipo militar y sobre su camiseta negra únicamente una casaca que no parecía lo suficientemente gruesa para aquel frío.

—No me parece que nos hayamos conocido —le contesté y regresé a observar la sesión con Charlene.

—Estoy casi seguro. Pero no sé de dónde —siguió él mientras cambiaba el lente de la cámara—. Estas fotos van a salir espectaculares.

—¿Cómo te llamas? —preguntó Charlene cuando despachó a la señora con la que estaba departiendo.

—Ari —contestó él y me sonrió. Mi corazón se agitó y me pregunté de nuevo si no lo reconocía—. Es el apodo de Aarón.

—¿Eres judío? —preguntó Charlene.

—¿Quién, yo? No. A mi mamá le gustaba ese nombre. Aarón Gutiérrez, Ari de corto —dijo.

—Ella también se llama Ari —dijo Charlene señalándome—. Pero es Ari de Aranís.

—¿De dónde eres? —preguntó él sonriendo.

—Peruana —contesté sonriendo como una boba que acaba de descubrir al *Marlboro Man* pero en versión café con leche o dulce de leche o manjarblanco, papacito lindo caído del cielo para mi regocijo personal. Me gustaba su sonrisa. Me gustaba todo su rostro. Era como de hombre macho, masculino, viril, áspero; pero al mismo tiempo de una inocencia que te provocaba tomarlo entre tus brazos y apapucharlo.

—Mi papá es colombiano —dijo Ari—. Bogotano.

—¿Hablas español? —pregunté.

—Un poquito —contestó en un español masticado y luego se despidió con la mano.

Quedamos Charlene y yo viéndolo partir montado en una motocicleta. Suspiré bajito pero ella me escuchó y se echó a reír.

Una piscina con chocolate

Soñé con chocolate caliente esa noche. Que estaba en una especie de *spa* y me metía en una tina gigante llena de delicioso chocolate derretido. En mi sueño estaba hablando con Cindy de nuestro día y luego un desconocido entraba a la habitación, que era como una sala de espera con luces bajitas y velas aromáticas y sonidos de ríos jugando por entre las piedras, y lentamente me desnudaba, dejándome en cueros; pero yo no sentía frío ni vergüenza ante aquella persona que luego me llevaba a través de un túnel hacia otro aposento y me mostraba la tina con chocolate derretido. Yo me sentía como una niña en fiesta de cumpleaños. Mi inocencia precedía cualquier otro sentimiento. No tenía nada que juzgar, nada que temer, nada que rechazar. Me agaché y con mis dedos tomé un poco de chocolate y me lo llevé a la boca. Me sorprendí con el gozoso sabor de leche y cacao azucarado fluyendo sobre mi lengua y llegando a mi paladar hasta cubrir toda mi boca y llenar todos mis sentidos con un gusto que reconocía como chocolate pero que era a la vez totalmente nuevo y diferente de cualquier otro dulce que hubiese probado hasta ese entonces. Quise que ese postre celestial me envolviera y sin pensarlo más entré a la tina que ahora se había convertido en piscina en donde otras mujeres también chapoteaban en cámara lenta, liberándose del peso de la rutina diaria y las imposiciones sociales para permitirse ese paréntesis en sus vidas, ese lapso de plena armonía en el delicado líquido que nos ceñía completamente, permitiendo acompasados movimientos de gratitud por el amor vertido en aquel momento. Escuché entonces la voz de Cindy susurrándome al oído: «En aquellos instantes en donde realmente nos amamos incondicionalmente es que experimentamos nuestra propia divinidad».

Desperté llorando lágrimas de regocijo por el camino que escogí seguir cuando decidí amarme de verdad. El sabor a chocolate en mi boca y el aroma a cacao dulce permanecieron conmigo todo el día. Imaginé que estaban ahí para que no me olvide de las palabras de Cindy y de la sensación de liberación total cuando el miedo desaparece.

Me sentía renovada cuando llegué esa mañana hasta la puerta de mi casa y saludé el sol bajando las gradas blanquecinas con nieve mientras giraba mi cuerpo y lo extendía preparándome para salir a correr. La noche anterior fue restauradora y la entrega total a chocolate de leche derretido algo que solo mi imaginación caliente, en acuerdo estrecho con mi alma casi con seguridad, conjuró para mi deleite. A qué mujer no le gustaría tener toda una piscina con chocolate no solo abrazándola con ardor sino ofreciéndose sin límites ni restricciones. *Un paraíso en donde las calorías no existen, qué tal utopía*, pensé; pero sabía dentro de mí que el miedo al chocolate por sus cualidades engordadoras desapareció para siempre. Era un paso pequeño en esta nueva manera de ver la vida, pero para mí tenía significado. Me propuse no sentirme gorda a la sola vista de chocolate y que comerlo no solo no me engordaría sino que me traería recuerdos agradables de esa noche en la piscina de mis sueños.

Sonreí ante este cambio en mi inflexibilidad. Las barreras que formé para protegerme de mí misma iban cayendo. Nada me detendría de ese punto en adelante, quería experimentar abiertamente estas expresiones de amor hacia mí misma. Pero luego dudé. Pensé en chocolate en forma física y en comerme un pedazo. Me sentí incómoda e inmediatamente me recuperé. Decidí que quería que de alguna manera lo que experimenté durante mi sueño no quedase únicamente en fantasía. Tenía que probarme a mí misma que podía hacerlo. Que podía aplicar el concepto que Cindy me comentó hacía unos días: «Con frecuencia un cambio sutil en nuestra percepción realiza cambios dinámicos en nuestra vida diaria».

Terminé de bajar las gradas y dando saltitos en la nieve traté de ubicar mentalmente el quiosco más cercano en donde encontraría chocolate a esa hora. Corrí hasta un cruce de avenidas y avisté el puesto de expendio al paso. Me detuve con pánico. Empecé a preguntarme cuántas horas de ejercicio me tomaría quemar las calorías de un Hershey's. Intercedí por mí misma diciendo que podría considerarlo desayuno. Me avergoncé en el conocimiento de que no podía considerar una barra de chocolate un alimento apropiado para iniciar el día. Y luego sentí el calor de mi alma inundándome con amor y comprensión. Avancé hasta el quiosco, compré el chocolate y sentándome sobre un enrejado en la acera lo devoré con pasión. La culpabilidad desapareció, el día empezó de una manera inusual y sentí cuánto me amé en ese instante.

Corrí mis kilómetros usuales. No más no menos. Las calorías y cuánto quemaría se convirtieron a partir de ese entonces en cosa del pasado. Cuánto amaría a mi cuerpo tomó el espacio que dejaron todas esas inseguridades.

Al mediodía di el encuentro al Círculo en un edificio cercano a zona cero. Estábamos al tercer día de nuestra convivencia y muchas cogieron un catarro por haber pasado tres días conectando espíritus casi a la intemperie en los días más fríos del invierno. Encontré a Raquel en la puerta y me acompañó al lugar donde las otras estaban acomodando las sillas a lo largo de unos pasadizos en el primer piso. No tendríamos problema encontrando clientela ya que los que llegaban a buscarnos en las calles donde estuvimos los días anteriores se encontraban con Lizelle y Sophie, también de nuestro grupo, y ellas les informaban en dónde estábamos atendiendo aquel día. Una cola larga empezó a formarse en el vestíbulo, extendiéndose varios metros más allá de la puerta del edificio. Me asombré por el poder de convocación de los espíritus que deseaban poder informar a toda esta gente y ayudarlos a encaminarse luego de la tragedia comunitaria que todos vivimos. A veces toca una situación extrema para despertar aquello que llevamos adormilado dentro de nosotros, para encontrar plenitud dentro del temporal del alma.

—¿Cómo conociste a Cindy? —preguntó Raquel mientras acomodábamos las sillas y nos preparábamos para recibir las visitas de ese día. Judith y Zezille estaban con otras de las mujeres.

Raquel me recordaba a una cantante de la época de los 1970. Su pelo largo, marrón claro y ondulado, caía travieso sobre sus hombros y se esparcía como una capa sobre su espalda y parte de su torso; flores pequeñitas de plástico de diferentes colores en diversas partes de su cabellera acentuaban su belleza etérea. Llevaba puesto un vestido floreado de verano, el cual aclimató con varias capas de vestimenta de invierno, como un cuello tortuga blanco y mallas rosadas, debajo del vestido. Me sentía a gusto junto a ella. Podía respirar la libertad que circulaba por todo su cuerpo y emanaba en tibios rayos de carisma.

—La conocí el día que cayeron las Torres Gemelas. En el momento preciso en que uno de los aviones se estrellaba contra el edificio, chocamos en una intersección de calles, íbamos a pie. Cindy cubrió con su cuerpo el mío cuando el avión explotó.

—Qué vivencia tan potente —dijo Raquel colocando su mano sobre mi hombro.

La miré. Sentí seguridad.

—Me demoré en buscarla de nuevo. Pasé por todas las etapas del pesar y la tribulación que siguen a una pérdida fuerte y luego un día desperté de mi estupor y decidí que quería vivir de nuevo, enfrentar la vida con todas las experiencias que tiene para ofrecerme. Inmediatamente pensé en Cindy y esa misma tarde salí a buscarla y me abrió las puertas sin hacer preguntas, me adoptó y me ofreció amor incondicional. Nunca antes experimenté amor sin límites ni condiciones y todavía estoy tratando de adaptarme a la idea. Siempre estoy pensando que tienen que existir motivos escondidos, tengo que juzgar y responder al amor con miedos. Tengo mucho que aprender.

Sin decir una palabra, Raquel me tendió su mano y yo puse la mía en su palma. Ella la cerró sobre la mía. Pude sentirme relajada, apreciar que le entregaba mi tensión y recibía a cambio la magnífica conexión a su energía sin prejuicios. Su éxtasis me invadió.

—¿Perdiste a alguien importante en las torres? —preguntó Raquel, sus ojos cerrados, su mano caliente acunando la mía.

—Sí. Mi novio. Se llamaba Chris. Nos hubiéramos casado en la primavera —respondí, mi voz en un hilo, mi garganta hinchándose con emoción, mis ojos abultándose con lágrimas.

Raquel irguió su cabeza y acerco su oído hacia su derecha. Movió su cabeza como en acuerdo con lo que escuchaba de algún ser invisible y dijo:

—Él está aquí y dice que ya te ha dicho que estarán juntos de nuevo. Que confíes y que te acuerdes lo del… ¿oído?

Me sentí tan contenta al escuchar eso.

—Oreja —recordé encantada con la validación—. ¿Puedo hacer otra pregunta?

Raquel abrió los ojos y dijo:

—¿Qué quieres saber, ratoncito?

Cuando escuché mi apodo supe que Chris realmente estaba ahí y me hablaba a través de Raquel. Tenía tanto que decirle. Me apresuré, no quería perder la oportunidad. En esa época no entendía todavía que mi alma me ayudaría en todo momento, que podría ver y hablar con Chris siempre que lo quisiera.

—¿Por qué te tuviste que ir? ¿No me querías lo suficiente para quedarte conmigo? Dijiste que siempre me amarías… y luego te perdí. No tuve tiempo siquiera para despedirme y decirte cuánto te amo y cuánto me diste en nuestra corta temporada de amor.

—Morir joven en una de las torres era mi plan. Vine a este mundo en esta vida para tener esa experiencia y ese día me tocaba partir. Te quiero y te amo lo suficiente para estar aquí contigo y para decirte que estaré a tu lado cada vez que me llames. También quiero decirte que tengo un nuevo plan para nosotros —Raquel decía las palabras pero la manera de hablar, su entonación, era de Chris.

—¿Por qué querrías morir de esa manera tan enormemente horrenda? —contesté sin entender por qué alguien escogería un final doloroso.

Raquel sonrió traviesamente y por un momento me pareció ver el rostro de mi Chris en ella. Su cabello lacio, casi erecto, marrón claro, sus ojos azules, la barbita que nunca llegaba a llenar el espacio asignado por completo y aparentaba una cara imberbe con unas manchitas oscuras. Olvidé lo que ocurría en el plano físico y cerrando los ojos me acerqué a su rostro y besé a mi nueva amiga en la boca. Al sentir sus labios tibios sobre los míos desperté de ese ensueño, de esa conexión espiritual con Chris casi de inmediato y reaccioné retirándome avergonzada. Ella me consoló diciéndome que no era la primera vez que algo así le sucedía y que nunca intercambiaría su incomodidad por la experiencia que alguien está viviendo en ese momento con una esencia manifestada a través de ella.

—Él dice que si todavía quieres que conteste tu pregunta de hace un rato —Raquel dijo, retomando de nuevo las palabras de Chris.

La miré. Ya no sabía si quería una respuesta pero al rato me ganó el deseo de saber que Chris estaba bien, de entender lo que estaba ocurriendo.

—Sí —contesté tímidamente.

Raquel se preparó, inclinó su cabeza nuevamente hacia la derecha, hasta donde supuestamente estaba Chris.

Pasaron unos segundos. Raquel hacía unas muecas hacia su interlocutor, como si estuviera tratando de capturar fehacientemente el mensaje. Luego pausó y preguntó: «¿Algo más?». Al ver que no llegaba ninguna otra información hasta ella, volteó hacia mí.

—Chris dice que esa era una experiencia para la que él se ofreció antes de encarnarse en su cuerpo a través del nacimiento. Hubo un acuerdo en el que miles quisieron pasar por esa vivencia y entender de qué se trata. Además, dice, el mundo aprendió mucho a través de aquellos sucesos. Existe mayor armonía y conexión entre millones de personas, no solamente en Estados Unidos sino en todo el planeta. Algo bueno salió de aquello y él sabe que tú estás encaminada a abrir las puertas y recibir el amor incondicional que tu alma quiere darte. Lo último es que quiere que entiendas que lo que él escogió hacer fue de su propia voluntad y que es una manera de acercarse a su esencia.

Luego Raquel se quedó completamente callada.

—¿Se fue? ¿Chris se fue? —pregunté apenada, podría haber pasado todo el día conversando con él. Mis sentimientos estuvieron todos esos meses enterrados junto a su cuerpo pulverizado y finalmente sentía que tenía la oportunidad de abrazarlo nuevamente sin que el saber que no estaba físicamente conmigo me doliera tanto, sin sentir que pasaba nuevamente por esa sensación de abandono.

Raquel asintió. Esperó en silencio a que yo me acomodara, a que regresara físicamente de esa comunión inolvidable con el espíritu de Chris.

—¿Cuándo lo podré ver de nuevo? ¿Cómo puedo hacer lo que tú haces?

—Cuando quieras —respondió con dulzura—. Cada vez que lo llames de corazón él estará contigo y poco a poco podrás desarrollar la habilidad de escuchar, ver, oler, tocar el alma de Chris y hasta interactuar con él en un lugar que derrocha amor y no tiene ningún tipo de límites porque viene de la fuente divina que somos todos y eres tú. Y algo muy importante que tu alma me recuerda que te diga: quiere que sepas que por ahora debes empezar a ejercitar tu capacidad de confianza y permitir que la felicidad te encuentre y te sorprenda por lo menos una vez al día.

Asentí sin saber si yo podría ser como mi alma me pedía.

—Dice que trates, que todo lo que necesitas está dentro de ti. Dice que tú la has escuchado antes en momentos de silencio y serenidad. Dice también: confía y alégrate en todo lo que recibes, incluso cuando parece que te lleva por vericuetos y hasta a veces que te aleja de lo que deseas, tú también tienes un plan trazado. Relájate, acalla tu mente y tus emociones, sosiega el ruido y podrás escuchar con claridad.

Disfrutar sin cuestionar

El último día de nuestra convención anual inició con un amanecer espectacular. Los colores del sol reflejando sobre una nueva capa de nieve cubriendo la ciudad fulguraban majestuosamente, tiñendo las bóvedas del cielo de naranjas, azules, morados y rojos que sombreaban sobre el blanco nevado devolviendo matices de gloria terrenal.

Salí de mi apartamento de madrugada con la intención de bañarme en esos colores y el calor del sol invernal. Me abrigué con varias capas de lana sobre el cuerpo tembloroso, asegurándome que podría caminar de casa hasta el centro sin problema alguno. El poco frío que se colaba por entre el tejido y besaba directamente mi rostro no me fastidiaba en absoluto. El viento me hacía sentir viva y me azuzaba para avanzar con rapidez.

Demoré un poco más de lo esperado en caminar el trecho. Quería absorber con todos mis sentidos el infinito de lo que ocurría a mi alrededor. Eran cosas sencillas, que sucedían todos los días, pero que por algún motivo nunca me llamaron la atención. Ahora deseaba registrar en detalle los múltiples actos de vida cerca de mí: el camión de basura deteniéndose cada cierta cantidad de metros para llevarse las cosas que nos estorban y así dejar espacio para aquellas que queremos disfrutar en la siguiente semana, el repartidor de periódicos que nos lleva información todas las mañanas, el puesto de café con *donuts* para despertarnos de la modorra, los policías en el patrullero observando y protegiéndonos de todo mal, los niños apresurándose para llegar a la estación de ómnibus que los llevará a la escuela, las parejas despidiéndose en las puertas de sus casas antes de partir para el trabajo, los taxistas buscando pasajeros, los corredores aprovechando para hacer ejercicio antes de empezar el día y así estar de mejor humor en la oficina. Tantas cosas que hasta ese entonces permanecieron escondidas, indefinidas, incluso cuando se encontraban frente a mí.

Llegué hasta la última avenida en mi ruta y me preparé emocionalmente para enrumbar una vez más hasta zona cero. Me sentía apaciguada, feliz de haber vivido esos momentos ofreciendo paz a todos aquellos todavía de duelo, pero más importante: aprendiendo tanto acerca de nuestra esencia.

Llegué hasta la cafetería en donde nos daríamos el encuentro. El sol ya se encontraba perfectamente situado en el cielo azul y despejado, y yo lo sentía felizmente acunado dentro de mí. Entré al local. No podía dejar de sonreír. No podía dejar de sentir la iluminación de esa sonrisa recorriendo mi cuerpo. Era como si de mí emanara alegría desbordante.

Las encontré en un apartado del restaurante. Ya estaban sentadas a la mesa del desayuno. Fuentes de fruta de todo tipo, huevos revueltos, tostadas de pan integral y jarras con té verde estaban ya servidos. Saludé a todas en el Círculo de los 99 Amaneceres. Cindy, Charlene,

Judith, Raquel, Zezille, Samira, Teleza, Margit, Sophie, Wanda, Hadiya, Lizelle, Bernadette, Rebecca, Patricia, Anita, Bettina, Giovanna, Adriana, Karina, Elizabeth, Salma, Abigail, Kayleen, Latisha, Lee Ann, Aamina, Julia, Vanessa, Tyanna, Lorelai, Brittany, Reyna y Lupe.

Cindy estaba de pie, al otro extremo de la mesa. Esperó a que todas estuviésemos acomodadas antes de hablar. Pensé en la suerte que tuve en toparme con Cindy el 911. Mi alma me dijo que recuerde que no hay coincidencias. «De todos modos —respondí—, el destino es suerte». «Acordaron encontrarse», respondió mi alma. Y yo contesté: «Lo olvidé, acordamos, estaba en nuestro plan».

Todas nos servimos té y brindamos por nuestras almas que nos trajeron hasta aquel lugar en aquel momento. Muchas dijeron que no podría haber sido una mejor semana y que se encontraban deleitadas con lo que vivieron y los milagros que distinguieron en nuestro tiempo juntas.

—En aquellos momentos en que nos amamos incondicionalmente podemos experimentar nuestra propia divinidad —dijo Cindy levantando su taza con té—. Esta semana, en que acordamos encontrarnos y realizar servicio a los que nos rodean, realmente nos permitió dejar atrás barreras y concentrarnos en expandir nuestra esencia y llevar el mensaje, la verdad de quiénes somos, a otros. Es en aquellas conexiones que podemos sentir y disfrutar la fuerza de ese amor sin límites que proviene de nosotras mismas.

Todas brindamos. Luego Charlene tomó la palabra.

—Esta convención fue especialmente delicada debido a la energía negativa que encontramos regada por toda la ciudad. La gente todavía tiene mucho pan que rebanar antes de poder realmente reconectarse con sus esencias. Pero lo que muchas veces parece un obstáculo es realmente una oportunidad. Como me dijo Cindy hace muchísimo tiempo, cuando era una especie de niña atemorizada por mi propia sombra: «Cuando enfrentes un reto no dejes que el temor a fallar te paralice, más bien recuerda y entiende que libremente has escogido algo y que tu alma te apoyará con todo su amor». Esta semana definitivamente se clasifica como un reto, pero creo que todas estamos felices de haber confiado en que nuestras almas nos apoyarían y nos darían la información, el soporte y el amor incondicional que necesitábamos para ayudar a todas las personas que conocimos durante este lapso de tiempo. Después de todo, hemos sido embotelladas como personas también, con sentimientos, emociones y opiniones; pero cuando ponemos todo eso de lado, el milagro de reconocer el alma de otra persona se produce y todo lo que parece difícil se convierte en una tarea que prácticamente no requiere esfuerzo. Nos despedimos hasta el año entrante, sabiendo que siempre que lo deseemos estaremos juntas en espíritu y podremos compartir momentos extraordinarios en ese espacio.

Charlene se sentó y nos dedicamos a conversar entre nosotras. A mi lado se encontraba Bettina, una mujer delgada y pequeña que siempre vestía unos faldones largos de telas floreadas, zapatos negros sin tacones, blusones con pitas que colgaban de la cintura, las mangas y el cuello abierto, lentes con marco de carey oscuro que se deslizaban constantemente fuera de la nariz aplanada y un rostro adornado por el flequillo de su cabello rubio y pecas de días de playa, que en conjunto le otorgaban un aspecto bohemio que revelaba su personalidad amigable.

Bettina sirvió un plato que rebasaba de frutilla, fresas, frambuesas y cerezas y lo colocó frente a mí.

—Sírvete. Me he fijado que no comes mucho y necesitas energía para restablecer lo que gastas en tu cuerpo. La fruta sabe maravillosa. Como si fuera de temporada —dijo y tomó unas cerezas del plato—. ¿Tú eres nueva, no?

Tomé el tenedor y trinchando una frutilla me la llevé a la boca. El gusto del acidito acaparó mi atención. Era como si nunca hubiese comido fruta antes. El sabor era diferente. Era nuevo para mí y espectacular.

Mastiqué consciente del sabor único hasta que la sensación a cielo en mi paladar aminoró, y mientras buscaba otra fruta para probar le contesté:

—Judith, Zezille y yo somos la promoción de este año. Esta es la primera vez que las conozco… pero…

—Pero sientes que a algunas de nosotras ya nos conociste antes —Bettina me cortó mientras terminaba de arrancar la carne de la cereza hasta llegar al huesito.

Afirmé con la cabeza y extendí el tenedor para buscar la última fresa en el plato.

—Te acostumbras. Es una sensación recontra rara al comienzo. Es muy confusa pero luego buscas a los espíritus que conociste en otra vida. Es divertido recordar.

—¿Y si fueron enemigos en vida o algo así, como va a ser divertido? —pregunté, frunciendo el ceño.

—Las almas no juzgan las experiencias como buenas o malas, son simplemente experiencias.

Me quedé masticando una frutilla y pensando. Tenía todavía tanto que entender.

Sueños de vidas futuras (y pasadas)

Al día siguiente le pregunté a Cindy acerca de vidas pasadas. A pesar de que no estaba segura de que creía en eso, estaba segura de que quería creer. Era la única forma en que podría aceptar lo que Chris me dijo en sueños.

Nos vimos en una heladería. Me contestó con una pregunta:

—¿Alguna vez te has detenido a pensar qué quieres hacer en tu siguiente vida?

Lo medité por un momento mientras lamía el helado de chocolate con pasas borrachas.

—En verdad sí. Recuerdo haber pensado que si el tema de otras vidas es verdad, me gustaría ser acompañante de cantante. Tú sabes, las que cantan los corillos y bailan. Y me gustaría que sea de cantante de alguna música latina, probablemente salsa. Me parece divertido y me atrae cuando veo a las personas que hacen ese papel en las grandes orquestas. Empiezo a bailar y me imagino haciéndolo —dije mientras me veía bailando, moviendo mis piernas saltarinas y mis brazos musculosos perfectamente al ritmo de la música y cantando unas estrofas de una canción popular en un escenario grande, frente a una multitud que también danzaba y cantaba en un concierto. Mis ojos brillaban con la sola idea.

Cindy se levantó para pedir dos vasos con agua. Cuando regresó me preguntó:

—¿Te parece que eso es algo que quieres hacer o que ya hiciste?

—Ummm, nunca lo consideré como pasado. Siempre como futuro —contesté, deteniendo con mi lengua unas gotas gruesas de helado que rodaban por el borde del cono y estaban a punto de escapar y caer sobre mis *jeans*. El sabor de la crema en mi boca se deshacía despacito. Podía paladear cada pizca, cada ingrediente como una entidad única, nueva y exquisita—. ¿Podría ser una vida pasada?

—Y futura si quieres repetirla. Pero tu esencia me está diciendo que tuviste esa vida en los 1950s, en Nueva York, eras parte de una gran orquesta salsera. ¿El nombre Tito tiene algún significado para ti? —Cindy preguntó.

Me detuve a pensar si conocía algún Tito y no podía ver a ninguno.

—El nombre no tiene significado —contesté desilusionada con nuestro progreso.

—¿El sultán de la salsa? ¿El rey de los timbales? Me da su apellido pero quiere que adivines —dijo

Cindy riéndose—. Uf, qué energía, es fuerte y cautivadora.

—¿Puertorriqueño o cubano? —pregunté tratando de achicar la búsqueda en mi memoria.

—Dice que es de aquí. La palabra «Nuyorican», ¿qué significa?

—Puertorriqueño de Nueva York.

—Listo. Dice que pienses en un nuyorican y en un ¿puente?

—T I T O   P U E N T E —grité entusiasmada—. ¿Conocí a Tito Puente? ¿Bailé en su orquesta? ¡Qué emoción!

Cindy me miró. Yo estaba conmocionada con la noticia.

—¿De veras quieres saber? —preguntó—. Puede ser demasiado. ¿Es Tito Puente alguien importante en el mundo de la música?

—¡Por supuesto! ¡No puedo creer que no sepas! —contesté ya sintiendo mis piernas bailoteando.

—Solamente sé lo que me muestran y apenas desconectamos de la conversación lo olvido. ¿Te imaginas si retuviera toda la información que recibo? ¡Explotaría!

—Tito Puente es simplemente un campeón de la música, trajo la música salsa al mundo.

—Dice que te diga que eras muy buen bailarín, que tu ritmo siempre fue impecable y que los pasitos que te inventabas eran sensacionales. También quiere que sepas que te consideró un buen amigo y que siempre que escuches salsa te acuerdes de los buenos momentos.

Mi boca se abrió por completo y la energía de Tito Puente conectando con mi espíritu me transformó por completo. Ya no creía que sabía, ahora sabía que sabía.

Ari y las luminiscencias

No volví a ver al otro Ari, Aarón Gutiérrez, hasta un par de semanas más tarde, frente a la puerta de mi edificio. Era temprano en la mañana. Yo acababa de terminar una sesión de meditación y bien arropada salí para correr durante una hora. No lo vi en realidad hasta que yo ya estaba en la vereda realizando unos ejercicios de flexibilidad y saludando el día. Me encontraba totalmente concentrada en el presente. Él me seguía con la vista desde la acera de enfrente, recostado en su motocicleta. Me llamó un par de veces según lo que me contó después pero yo no le respondí, así que cruzó la pista para acercarse. Recién cuando tuve su cara frente a la mía descubrí su presencia.

—¿Ari? —dijo.

—¿Ari? —contesté, los dos botábamos humito glacial con cada palabra—. ¿Qué haces aquí? No esperaba verte… como puedes observar por mi pinta…

—¿Corres?

—Todas las mañanas. Es parte de mi plan de reconexión.

—¿A qué te reconectas?

—A mí misma.

—¿Te puedo interrumpir un minuto?

—Sí, claro.

Sacó un archivo de su maletín de mensajero que llevaba cruzado sobre el pecho y la casaca de cuero. Lo abrió sobre su mano y luego me jaló para sentarnos en las gradas. Lo seguí y me senté al lado suyo. Olía rico, varonil, a hombre después de la ducha de la mañana. Me enseñó una de las fotos que me tomó esa tarde en zona cero.

—¿Ves esto? —me dijo, señalando una porción de la fotografía.

—No estoy segura —contesté.

—Un resplandor a tu lado.

—¿Esto, como iluminado?

—Sí.

—Será algo del *flash*.

—No, no. Está en todas las fotos. ¿Has notado algo así antes en tus fotos?

—La verdad que no.

—¿Te puedo tomar una foto ahora?

—Ahora estoy hecha un asco.

—Eso no importa. Quiero ver si sale ese resplandor al lado tuyo de nuevo. Tiene la forma de una persona. Clarito se ve.

Miré la foto de nuevo y recordé las palabras de Chris y supe a qué se refería. La emoción me embargó pero lo oculté.

—Tómate una foto a ti mismo —contesté. No quería compartir lo que sabía con él.

—Vamos, no seas malita. No me demoro —dijo él apuntando la cámara hacia mí y sin esperar mi respuesta apretó el botón y tomó la bendita fotografía.

Sentí ganas de quitarle la cámara y tirarla al suelo. En lugar de eso, le di la mirada asesina y arranqué a trotar sin siquiera despedirme. Él se quedó un instante viendo la fotografía en su cámara y luego corrió hasta darme el alcance.

—¿Lo ves? ¡Aquí está también! —dijo mostrándome la cámara y luego siguió corriendo a mi lado y tomando fotos, cegándome a ratos cuando decidía usar el *flash*.

Yo iba haciendo mi ejercicio, supuestamente sin prestarle atención, pero por el rabillo del ojo lo miraba de rato en rato para ver qué estaba haciendo. El pobre jadeaba a mi lado, tratando de seguirme el paso con esas botas puntiagudas que de seguro le sacarían callos, y a la vez modificando las configuraciones de la cámara para experimentar con diferentes velocidades, iluminación y enfoques automáticos o manuales. Un par de veces me pidió que me detuviese para poder descansar y tomar un respiro pero le contesté que no tenía por qué estar siguiéndome, que ya le había dicho que no me tomase más fotos mientras corría y sudaba como un cochinito. Él insistía en que parase para mirar las fotos. Yo le contestaba que era mi momento de paz y tranquilidad y que me lo estaba malogrando por estar haciendo preguntas demasiado temprano en la mañana. Después de unas cinco cuadras lo empecé a dejar atrás y en unos minutos desapareció. Suspiré. En realidad me gustaba Ari pero estaba segura que no quería que nadie me gustase nunca más.

En fin, ya se fue, y nunca más lo veras, me dije y me coloqué los audífonos en los oídos, puse mi casete de música en el Walkman y aumenté mi velocidad en el trote. No terminé de escuchar la primera canción cuando sentí una presencia detrás de mí. Aminoré el paso y volteé sigilosamente mientras buscaba en el bolsillo de mi pantalón de deporte mi cuchilla suiza. Bajé el volumen y escuché el ronronear de un motor a mi izquierda, sobre la pista; giré y vi el pelo negro de Ari y sus botas negras y puntiagudas. La motocicleta se acercó del todo y un *flash* me cegó. Escuché la risa de Ari y luego lo vi partir a la volada.

No sabía qué pensar. Una parte de mí quería sentirse mal o furiosa, otra tenía muchos temores de interactuar nuevamente con alguien por quien sentía atracción, pero otra parte quería tener una experiencia nueva, ser traviesa como él, jugar con Ari y ver qué pasaba.

No tuve mucho tiempo para pensar. A la siguiente cuadra me lo encontré de nuevo. Esta vez había detenido la motocicleta, posicionándola casi cruzada sobre la esquina, como para impedirme el paso, y me esperaba recostado sobre ella. Sonreí y sentí que mi alma me sonreía desde lo más profundo de mi ser. Él me mostró su cámara. Yo le hice un gesto negativo con la cabeza. Bajé de nuevo mi velocidad para observarlo mientras me acercaba a él. Había algo muy masculino acerca de su persona, algo casi primitivo, lo imaginé de cascara áspera en el exterior pero de carne sabrosa en el interior. Sentí un tirón orgásmico en mi vagina y me tuve que acomodar emocional y mentalmente antes de llegar hasta él. En ese momento estaba todavía en contra de enamorarme de nuevo, aparte de que acababa de ver a Chris parado a mi lado en las fotos, pero no tenía ninguna objeción a sentirme excitada por la presencia de un hombre.

—¿No tienes a alguien más a quien fastidiar? —pregunté cuando lo alcancé. Quería poner cara de molesta pero en lugar de eso me coloqué los audífonos en el cuello y me solté el cabello.

—Sí —dijo, acercando su cuerpo desparramado en la motocicleta un poco hacia mí. Sus piernas abiertas a los costados de mi cuerpo abrazaban imaginariamente las mías, sus botas casi chocaban con mis zapatillas.

Sentí mi cuerpo ronronear y me gustó.

—¿Y? —dije todavía tratando de aparentar estar molesta pero fallando totalmente. Me imagino que tocarse nerviosamente el cabello y hacerlo bucles mientras quieres pasar por sargento no funciona.

—Y, que te quiero fastidiar a ti —contestó sonriendo.

Me sentí totalmente desarmada. *¿Ahora qué hago?,* me pregunté. «Escucha a tu esencia», percibí la voz de Cindy decir. «Tu alma tiene todas las opciones. Deja que te las muestre, confía y escoge sin temor». *Pero estoy nerviosa,* contesté para mis adentros. *Estoy temblando como un papel. ¿Cómo puedo escoger si la mirada de Ari bloquea todos mis pensamientos, si Chris está parado a mi costado?* «Cálmate y todo fluirá sin esfuerzo», contestó Cindy y luego nuestras voces desaparecieron, noté mucha paz interior, mi piel desistió de estar erizada y mis manos dejaron de sudar.

—Tengo muchas opciones para trabajar el misterio de la foto, pero te escogí a ti. Tú sabes algo que yo necesito saber y además hay algo acerca de ti… No te he podido olvidar desde el día que te conocí —dijo Ari y yo me derretí. Había algo acerca de él que yo tampoco pude olvidar desde que nos conocimos.

Quedamos en silencio confuso un momento. Luego Ari movió la motocicleta y me invito a pasar, a seguir mi camino sin él. Me dejaba la iniciativa a mí. Me sentí insultada y quise irme, pero la verdad es que algo me tenía cementada a la vereda. Decidí contestar su pregunta.

—No sé lo que es —susurré y me coloqué los audífonos en la cabeza.

—¿Qué es qué? —preguntó Ari, suavemente deslizando los audífonos por mi cabello hasta dejarlos en mi cuello nuevamente.

Levanté la cabeza y lo miré. Definitivamente sentía una conexión.

—En la foto. Tengo una idea pero no la puedo confirmar. Sería mejor si lo conversas con Cindy.

—¿Cindy es la líder, la jefa?

Asentí.

—¿Y tú?

—Yo estoy aprendiendo a conectar

—¿Con las almas?

Asentí de nuevo.

—¿De los muertos? —dijo y me pareció que hizo una mueca de desprecio.

—Y de los vivos, con la mía, con la de otros, y de animales y de plantas…

—¿Como una vidente?

—Mejor, mucho mejor. Es conexión directa con tu divinidad y la divinidad de otros en todo el universo, sin límites de tiempo o condiciones. Nuestras almas son amor incondicional. Nosotros somos amor eterno. Lo que aprendemos es a conectarnos con esa fuente divina que está dentro de nosotros y luego a conectarnos con todos los otros. Sé que no tiene mucho sentido cuando yo lo explico de esta manera tan simplona —dije e inmediatamente me juzgué: *Cu cu Cu cu... Suenas a loca.*

—Todo ese tema metafísico es fascinante. ¿Te puedo invitar a tomar un café para que me cuentes todo lo que sabes? Es para la revista… —dijo, sacó un casco de la maletera de su moto y me lo presentó.

Hubiese querido subirme a su moto y sentir mi cuerpo amarrado al suyo, y el vibrar del motor debajo de los dos, pero el temor se apoderó de mí.

—¿Podemos dejarlo para otro día? Tengo una cita esta mañana —mentí y regresándole el casco partí a la carrera. Esta vez él no me siguió.

De viaje en el sillón de la sala

Zezille abrió la puerta del apartamento de Cindy. Habíamos quedado de cenar juntas esa noche y tener una pequeña celebración por haber cumplido nuestro primer mes en el círculo. Judith se escabulló por entre mi brazo derecho, que yo tenía levantado sobre el marco de la puerta, y me abrazó por la cintura, levantándome unos cuantos centímetros del suelo. Cuando me dejó caer, me saludó con un beso en la mejilla que me marcó el contorno de sus labios pintados en rojo carmesí sobre mi piel. Zezille le celebró haciéndome cosquillas en un pedazo de mi piel desnuda que habitaba el espacio entre el borde de mi camiseta ajustada y la frontera de mis *jeans* que resbalan sin vergüenza hasta la media cadera.

—Tienes una piel muy suavecita —observó Zezille, dejando la tortura de las cosquillas para gradualmente deslizar sus dedos sobre la piel alrededor de mi ombligo—. ¿Duele ponerse un arete ahí? —preguntó, colocando un dedo en el arete y jalando levemente.

—Duele cuando lo jalas así —contesté moviendo su dedo para desprenderlo de mi ombliguero y jalando la camiseta para tapar mi vientre.

Zezille lo destapó de nuevo y me miró con viveza. Alejé mi cuerpo de sus dedos juguetones. Esta vez no insistió en tocarme, pero apuntó con su mano hacia el tatuaje alrededor de mi ombligo.

—¿Y eso? —preguntó.

—Es un adorno —contesté. Me daba ternura conversar con ella. Mis ojos todavía veían a mi Ceci en aquella niña y mi corazón reconocía tantas cosas de mi amiga de la infancia en Zezille. Era como si en mi mente Ceci hubiese permanecido joven y yo tuviese una nueva oportunidad de interactuar con ella. Nuestra conexión era clara. Me sentía en paz y profundamente agradecida en su presencia.

—¿Qué significa? —preguntó, acercando su mano tierna a mi piel. La dejé tocarme. Me gustaba como se sentía su piel todavía nueva sobre la mía.

—Es una media luna. Cuando encuentre a mi pareja, me haré tatuar otra media luna y así estaré completa —le expliqué mientras las tres pasábamos a la sala y cerrábamos la puerta de ingreso.

Olía a cacerola de pollo con papas, zanahorias, apio y muchas especias. Era un olor conocido pero a él se unían otros aromas desconocidos para mí.

—No necesitas a nadie para estar completa cuando tienes todo el amor que precisas en ti misma —voceó Cindy desde la cocina.

—Es un decir —contesté—. ¿Además, a quién no le gusta la compañía de una pareja?

—Cuando encuentres a esa persona con quien desearás conectarte íntimamente, tal vez para toda la vida, lo que compartirán es el crecimiento en abundancia de ese amor. Las parejas no se completan, se prodigan la perfección que ya está en ellos —contestó Cindy. La escuchábamos moverse en la cocina—. Ahorita salgo —dijo.

Judith se volteó y bajándose un poco el pantalón dejó al descubierto un tatuaje de una salamandra en su nalga izquierda. El animal en el dibujo tenía un aspecto extraño, con colores fuertes y diseño llamativo que se salía de la nalga un poco y asomaba por la cintura de su piel blanqui-rosada.

—¿Qué les parece el mío? —dijo orgullosa de lo que escogió tatuarse en el trasero.

Zezille y yo nos agachamos para verlo mejor. Luego acercamos a Judith a la luz de una lámpara en el pasadizo de entrada.

—¿Y? —volvió a preguntar ella con media nalga afuera y la cadera hacia la luz para mostrarnos mejor aquel potograbado. Me pregunté si ella sabría, si había podido observar con detenimiento lo que saltaba con fuerza de su enorme culo.

—*Oh my God!* ¿Qué es eso? —preguntó Cindy acercando su cabeza a la nalga de Judith, quien ahora estaba temblorosa de estar en la misma posición por tanto tiempo.

—Ay, por Dios, ustedes no saben nada —dijo Judith, se subió el pantalón y se fue a sentar en un sillón colocando las piernas por encima de los brazos del mueble en señal de protesta de adolescente.

Zezille se le acercó y le dijo:

—¿Te protege de las malas energías?

Judith sonrió y tomó a la niña de las manos.

—Tú eres la más inteligente de este grupo. Eso es exactamente. Me protege cuando trabajo sola en el teatro —dijo y nos miró a las dos.

—Tu poto, tus reglas —dije.

—¿Cindy? —dijo Judith mirándola, buscando su aprobación.

—Pasé juicio acerca de los dos tatuajes sin confirmar primero que lo que llevamos puesto es una decisión personal, algo que ustedes escogieron porque les gustó o porque les hizo pensar en el amor del futuro o en la protección del presente —contestó Cindy—. Tu alma, canalizada por ti a través de esta salamandra, te ha protegido en dos ocasiones de personas que te quisieron hacer daño. Eso me lo ha confiado tu espíritu ahorita. Pero quiere que entiendas que todo esa energía que encauzas a través de este tatuaje, esa seguridad cuando estás sola en algún sitio oscuro, viene de tu esencia. Si prefieres pensar que viene de un objeto que llevas contigo, no estás dándote merecido crédito a ti misma, no estás reconociendo quién eres: perfecta.

Me quedé pensando en cruces, anillos, medallas que alguna vez he llevado puestos confiando en sus propiedades extraordinarias cuando todo lo que tengo que hacer es conectarme con la divinidad que el Creador colocó dentro de mí para entender de dónde vienen realmente los milagros.

Cindy encendió la chimenea y abrió las cortinas. Era una noche de un oscuro denso iluminada por una luna nueva gigantesca. Afuera caían lentamente copos de nieve gruesos pero ligeros. Un espectáculo visual acompañado por una música ambiental relajante, colmada de sonidos de la naturaleza y elementos armoniosos ancestrales.

Me transporté a un bosque espeso de secoyas gigantes cerca al océano Pacífico. Desde lo alto del monte cubierto de árboles podía ver las aguas calmadas del mar, un sol radiante sobre ellas y nieve brillante cayendo sobre todo, cubriéndome a mí también, que caminaba asombrada por la inmensidad de la naturaleza y agradecida por permitirme conectar con su esencia, ser parte de su espíritu y comunicarme con su divinidad. No sentía frío, ni hambre, ni sueño mientras exploraba y descubría la magnífica creación. Deseé verlo todo desde lo alto del secoya más grande y al instante estuve allá arriba, sin miedo alguno, disfrutando de una vista espectacular y me sentí muy cerca de Dios y muy cómoda dentro de mí misma. De pronto el olor a cazuela de pollo permeó el aire frío y el crujir de los maderos partiéndose en la chimenea me despertó de mi estado de éxtasis adormilado. Cindy me había cubierto con una manta y las tres se habían ido a la cocina para conversar sin fastidiarme.

Abrí los ojos con displicencia. Mi aventura fue fantástica. No quería bajarme de aquel árbol.

Cuando desperté del todo me encontré de nuevo en la sala de Cindy. Me sentí confundida por la manta cubriendo mi cuerpo y la soledad de la estancia. Me levanté y caminé como borrachita hasta llegar al baño de visitas. Me lavé la cara y esperé unos segundos a que se me pasara la modorra, luego escuché la voz de Zezille llamándome. Sin contestar, porque sentía mi boca pegada, mis labios apelmazados, caminé hasta la cocina. El sueño me vencía. Los ojos se me cerraban y la energía del monte me jalaba con fuerza.

Me senté en una silla en la cocina sin decir nada. Todavía no me sentía despierta. Las tres me miraron como quien ve entrar a un sonámbulo. Cindy me ofreció una taza con té verde. Reconocí el olor amargo subiendo hasta mis fosas nasales y los árboles desaparecieron.

—Uy, qué fuerte este sueño —murmuré, sobándome los ojos y quemándome la lengua para no volver a quedarme dormida—. Estaba en un bosque maravilloso de secoyas gigantes, nevaba pero yo no sentía frío, y podía ver el océano desde lo alto de un árbol…

—Como en Redwood, seguro, es espectacular. ¿Has ido? —dijo Judith, pasándome una toallita mojada con agua para ponerme en los ojos y la frente.

—¿Redwood? —susurré mientras me sobaba la tela por el rostro.

—¿Los bosques en California y Oregon? —continuó Judith—. Con los arboles gigantes, que tienen miles de años...

Me puse el paño sobre los ojos, sentí el frío penetrando los párpados. Coloqué mi cabeza mirando hacia arriba, la incliné hacia atrás y empujé la toalla con mi mano sobre mis ojos.

—Nunca he estado —contesté.

—Excepto que acabas de estar —dijo Cindy.

—Mis sueños se están volviendo tan vívidos. Realmente como si hubiera estado ahí —dije, sacándome el paño que ahora hervía—. Creo que tengo fiebre —dije pasándole la toalla a Cindy y me recosté en la mesa.

Cindy sintió el calor en la tela.

—Es energía. Al comienzo los viajes te pueden agotar, pero luego te acostumbras y más bien buscas adónde ir, qué conocer —dijo, mojando la toalla con agua debajo del caño y entregándomela de nuevo—. ¿Están listas para comer? Tenemos un invitado especial para el postre.

—¿Quién? —preguntó Judith, mientras pasaba la cazuela de la olla a un plato para servir.

Yo seguía frotándome el paño sobre los ojos. Le pedí dos hielos a Zezille para colocarlos dentro de la tela y así evitar que se calentara tan rápido.

—Es una sorpresa —dijo Cindy—. Un amigo, no, un admirador del círculo.

—¿Un admirador? Uy, ¿quién? —preguntó Judith mientras llevaba el pan al comedor, seguida por Zezille que llevaba la jarra con té verde.

Cindy tomó el plato con arroz y respondió:

—No es sorpresa si lo digo en este instante.

Pienso que me quedé dormida de nuevo porque no escuché nada más de aquella conversación hasta que Zezille me vino a decir que la comida estaba servida.

Sesión de grupo

Tuvimos nuestra primera sesión en grupo esa noche. Yo por fin me había despertado del todo y me sentía llena de energía.

Cindy nos pidió que pasáramos a la sala y nos acomodáramos en círculo alrededor de la mesa pentagonal y frente a la chimenea. Temí volver a sentirme somnolienta y me comí un caramelo de limón que traía en mi cartera para emergencias como esta.

El acidito del jugo del dulce escurrió por mi lengua. Recordé los caramelos de limón que comprábamos con Ceci a la salida del colegio. Teníamos tanto para escoger de la maleta de tesoros que presentaba el vendedor ambulante, pero siempre terminábamos comprando dos bolsitas de «cocorocos», una para Ceci y la otra para mí, y nos las devorábamos con gusto mientras conversábamos sin apuro de camino a casa.

Judith y Zezille se sentaron a la derecha, Cindy tomó la izquierda y yo me coloqué al centro.

No encendimos ningún tipo de vela o realizamos meditación alguna ni llamamos a los espíritus con cánticos especiales. Ninguna de esas cosas era necesaria. Todo lo que necesitábamos para nuestra sesión de conexión espiritual venía dentro de cada una de nosotras.

Nos miramos. Sabíamos qué seguía y a pesar de haber participado en diversas sesiones colectivas con otras personas me imaginé que mis amigas también estarían pensando en el tema de la confianza y cuánto querían compartir con el grupo.

Cindy pareció sentir nuestras aprensiones.

—Es importante que no cuelen sus pensamientos y compartan solamente aquello que piensan que suena bien. No hay nada de qué estar nerviosas. Sus almas las conocen y si se conectan con confianza podrán disfrutar del beneficio de escuchar lo que necesitan escuchar, lo que es mejor para ustedes —explicó Cindy de manera afable, mirando a cada una a los ojos—. Recuerden que es mejor formular preguntas específicas a personas específicas. Nadie las va a juzgar por ninguna de las cosas que digan. ¿Verdad?

Todas asentimos. Me di cuenta de que no era la única en el grupo que seguía las palabras de Cindy como hipnotizada. Para mí, todo lo que salía de su boca tenía tanto sentido; y su voz, dulce, nunca arrebatada o explosiva o acusadora, enviaba mensajes de aceptación.

—Yo empiezo —dijo Zezille—. Tengo mucho que preguntar y Judith y Ari se van a demorar en querer lanzarse al ruedo. Cobarrrrdes.

Nos reímos.

—Me gustaría primero preguntarle a mi mamá cuándo me visitará, aunque sea en sueños. ¡Me gustaría tanto volver a verla! Y luego le quiero preguntar si está a gusto con que yo esté viviendo con Cindy —dijo y miró a Cindy con anticipación. Hicimos silencio—. Ahhh y también quiero que esa segunda pregunta sea para mi alma, ¿*okay*?

—Pilas, Zezille, pilas —se burló Judith.

—Oye, que es mi primera vez. Déjame acostumbrarme —contestó Zezille y le jaló un rulo hasta que lo desenredó y entonces lo soltó para hacerlo brincar como un resorte y regresarlo a su estado natural.

—Estamos esperando —intervino Cindy.

—Ya. Judith se va a portar bien. ¿No que sí, colorada? —sonrió Zezille y regresó a sentarse atenta.

Judith se arregló el pelo en silencio.

—Tu mamá está aquí y dice que no quería visitarte hasta estar segura de que no te asustaría, por eso no se conectó —Cindy pausó y Zezille movió la cabeza contenta—. Dice que está bien y que te visitará pronto y que podrán conversar como lo hacían antes.

—¿Y qué dice de ti? —preguntó Zezille, sus ojitos abultados por la emoción.

Cindy pausó. Luego se levantó, caminó unos pasos y se sentó junto a Zezille para abrazarla mientras le decía: «Mami Carmen dice que eres grande y esa es tu decisión».

Fue un momento muy emotivo. Era la primera vez que Zezille se atrevía a preguntar acerca de su mamá. La miré después de que Cindy pronunció esas palabras. Se veía tranquila, relajada, casi resplandeciente por el halo de las chispas anaranjadas del fuego cerca de ella.

Judith seguía. Yo percibía que dentro del alboroto que seguramente era su mente, tendría una lista inmensa de cosas de qué hablar y que las enunciaría sin ton ni son, con algarabía y marcada desorganización. Me imaginé a su alma corriendo de un lado a otro mostrándole opciones el día entero, regando tarjetas con ideas que se iban acumulando desordenadamente a su alrededor.

Pero no fue así.

Judith se acomodó el pelo en una cola. Siempre hacía eso cuando pensaba. Luego jugó por un momento con los cuarenta brazaletes que llevaba en el brazo derecho desde la muñeca casi hasta el codo y que hacían un claqueteo alegre que nos indicaba por adelantado cuando ella se aproximaba.

—¿Judith? —preguntó Cindy deteniendo con su mano el traqueteo con los brazaletes—. ¿Quieres que Ari hable primero?

Judith la miró y dejando las alhajas jaló lentamente de los aretes que colgaban hasta el cuello, luego negó con la cabeza.

—Está bien —dijo—. Yo puedo hacer esto.

Todas nos concentramos en ella.

—Conocí a Wade recién salida de la universidad, durante mi primer trabajo en un teatro *off off off Broadway*. Él era el director, yo quería ser actriz. Wade fue el primer adulto que me trató como gente grande y me inspiró a entender el teatro y lo que realmente significaba para mí. Cuando yo hacía sugerencias, él me tomaba en serio. Y cuando yo fallé, nunca me maltrató. Wade realmente me encaminó en mi carrera y en mi evolución como persona. Él tenía muy buena intuición. Cuando sintió que yo no me hallaba tan a gusto como hubiese deseado en escena, en lugar de tacharme de falla y descartarme fue él quien sugirió que tomara un descanso de actuación e intentase producción. Me puso de aprendiz con uno de los mejores escenógrafos y yo me enamoré de esa carrera. Podría haber amado a Wade para siempre, siquiera desde lejos, pero él desapareció de Nueva York un buen día, sin decir adiós… Nunca supimos nada y yo no puedo creer que se fue así nomás, algo le sucedió —nos narró Judith. Su ternura hacia este hombre desbordaba su personalidad juguetona y alocada.

Judith calló. Se perdió en sus recuerdos.

—¿Judith? ¿Hay algo que le quieres decir, algo que quieres saber? —preguntó Cindy. Tenía los ojos fijos en una presencia a su costado.

Judith la miró. Susurró:

—¿Está aquí?

Cindy asintió sonriendo.

—Tiene una energía bella —dijo—. ¿Tienes algo que decirle?

—Quiero saber por qué me abandonaste —preguntó Judith moviendo la mirada lentamente hacia donde Cindy miraba. Luego una sonrisa alegró sus labios—. Lo puedo ver. Puedo sentir su energía. Es increíble. Puedo entender lo que me dice. Cindy, ¿lo escuchas también? ¿Escuchas lo que está diciendo? Dice que no me abandonó, sino que estaba en su plan morir. Dice que me encaminó hasta que me vio lista para partir, para tomar mi propio rumbo. Que su muerte fue rápida y sencilla. Un día de descanso en primavera se fue temprano a escalar unas montañas fuera de la ciudad, las Catskills. Como siempre, partió solo. A él le gustaba tener tiempo para «encontrarse consigo mismo». Llegando la tarde estaba cansado pero contento, admirando la naturaleza desde la cima, cuando perdió el paso y se desbarrancó. Cuando terminó de caer, se encontró yaciendo muerto de ese cuerpo en una zona recóndita y rocosa. Dice que no me preocupe de buscar su cuerpo porque los animales de la zona se dieron un festín con él. Era su momento de pasar a otra vida y otras experiencias. Cindy: esto es maravilloso. Nunca en mi vida me he sentido tan conectada a otro ser, tan amada. Wade: te amé, te amo y te amaré. ¿Tal vez podemos acordar encontrarnos de nuevo?

Judith reía y lloraba al mismo tiempo. Zezille y yo no «vimos» a Wade, pero pudimos sentir su esencia en la habitación. Era un regalo fabuloso poder compartir aquellas vivencias juntas.

Luego fue mi turno. Me sentía elevada a más no poder.

—¿Puedo hablar con alguien que está todavía en el plano físico con nosotros, verdad? —le pregunté a Cindy. Había tantas personas con quienes quería conectar, pero esa noche me tocaba pedir perdón a alguien especial.

Cindy asintió.

—Tú sabes que así es —dijo—. Nuestras almas pueden comunicarse con cualquier alma en el universo, viva o muerta y hasta en cuerpos pasados.

—¿Puedes llamar a mi mami? —dije nerviosa.

—Llamada de larga distancia, persona a persona entre Ari y su mamá, a la orden. ¿Cómo se llama?

—Rosario... Charo... Chayo Mejía —contesté. Si no podía decirle a mi mamá lo que realmente quería decirle en persona, por lo menos podría encontrar indulgencia conectando con su alma.

Cindy se cambió de nuevo al asiento junto al mío.

—Habla, ella te espera —me dijo. Yo estaba segura que ella sabía lo que yo iba a decir.

—¿En voz alta? —pregunté, figurando que si hablaba de alma a alma, sin voces de por medio, el resto no tendrían que saber mis secretos.

Cindy me miró. Su rostro se veía serio. Lo que vendría a ser «serio» para ella.

—Puede ser en voz baja o conversando para tus adentros, pero entonces tus amigas no se beneficiarían de lo que aprendes en la conversación. Recuerda: todo lo que hay aquí es amor incondicional, no hay miedos ni críticas ni opiniones negativas —observó Cindy.

—Mami, ¿de verdad estás aquí? —pregunté mirando hacia mi derecha, donde estaba Cindy.

—Lo estoy, Nicita. ¿Qué quieres gordita? —dijo Cindy. Su voz sonaba como la de mi mamá, su rostro cambio y vi a mi madre en ella.

—Nicita… Gordita…. Solo tú, mami, me llamas por esos apodos… —dije—. ¿Cómo está el clima por Lima?

—Niñita, ¿me llamas para preguntarme del verano? Ya sabes que hace muuuucho calor, es uno del Niño. Uf… —contestó.

—Mami, sabes que te he hecho daño y encima te he mentido —dije. Me sentía helada de los nervios. Me sudaba todo el cuerpo un sudor frío y sentía ganas de vomitar.

—¿Qué puedes haber hecho Nicita? —contestó Cindy, mi mamá, Cindy.

—Es acerca de Renzo. Déjame decirlo de un solo tirón, así no me acobardo. Cuando tú y Renzo empezaron a salir, yo estaba feliz por ti. Después de todo, lo único que una hija puede querer para su madre que enviudó joven y le dio todo sin pensar en ella, es que encuentre el verdadero amor una segunda vez. Cuando se pusieron de novios, yo fui la primera en felicitarlos de corazón. Pero sabes que no siempre fui una buena persona, que puedo ser egoísta y envidiosa… Un día Renzo y yo salimos a hacer unos mandados y él me empezó a mirar diferente, a tratar diferente. Yo sabía que me estaba enamorando de él y no hice nada para evitarlo, le dejé hacer sin darle un pare. Me convertí en la amante del novio de mi madre, de tu novio. Parece escándalo prefabricado de *reality show*, pero fue mi realidad durante casi un año. Los días, los minutos antes de su muerte, todavía estábamos juntos. Nos encontrábamos a escondidas después de que él estaba contigo. Es repugnante, lo sé, pero no lo pude evitar. Cuando murió, no supe cómo esconder mi tristeza y cómo darte la cara. Por eso me vine a Estados Unidos, de pura egoísta. Y ahora soy egoísta de nuevo: para poder salir adelante necesito tu perdón y necesito saber que estarás bien. Que encontrarás amor una tercera vez, y esta vez será amor verdadero y no con un sinvergüenza como Renzo.

Cindy me miró con la ternura que yo reconocía en mi mamá.

—Ay Nicita, tú no necesitas que yo te perdone. Lo que necesitas es perdonarte a ti misma. Yo te dispensé hace muchos años. Adiviné lo que sucedió contigo y Renzo el día del entierro. Me lo confirmaste cuando decidiste irte de Lima.

Yo lloraba por su compasión, por su entereza y su integridad. No podía creer que en todo este tiempo mi mamá no me hubiese reclamado. Qué fortaleza de mujer que podía dejar pasar mi traición sin dedicarle un segundo a juzgarlo, a juzgarme por lo que sé que soy. Me merecía su desprecio y lo que encontré fue caridad.

—Mami… —dije con la voz entrecortada y coloqué mi mano sobre la de Cindy, sobre la de mi mamá, sobre la de Cindy—. ¿Qué puedo hacer para cambiar? ¿Qué puedo hacer para no ser como soy?

—Sin juzgarte… —murmuró Cindy.

La miré tratando de comprender sus palabras. Era un momento sobrenaturalmente emocional para mí. Volteé mi mirada hacia mi izquierda. Judith y Zezille tenían los ojos rojos.

—Sigue. Tú puedes hacerlo. Termina la conversación —me animó Zezille.

Miré de nuevo a Cindy. Me enfoqué y su rostro cambio nuevamente al de mi mamá.

—¿Qué sería lo mejor para mí, mami? —dije, retornando a la conversación.

Ella me miró. Su esencia altruista me llenó de esperanza. Tal vez podría encontrar algo de su belleza interior en mí.

—Tú lo sabes. Dilo de la manera en que Cindy te enseñó —contestó mi mamá.

—Quisiera que mi alma me ayude a encontrar una manera de reconfortar a mi mamá, de regalarle lo que le quité, de una manera que sea la mejor para las dos —dije. Y al evocar esas palabras de plena confianza en mi ser espiritual me sentí reconfortada y en paz. Sabía que de una manera perfecta, magnífica, y totalmente sorprendente, mi esencia encontraría la manera de hacer que aquello ocurriese para las dos.

Un invitado especial, muy especial

Estábamos todavía tratando de limpiarnos las narices con mocos, de desahogar del todo los ojos con lágrimas, cuando sonó el timbre en el apartamento de Cindy. La intromisión escandalosa de ese sonido agitador cuando tratábamos de serenarnos nos hizo saltar de nuestros asientos.

La reacción fuera de sitio nos embarcó en un ataque de risa que añadió mocos y lágrimas de exuberante felicidad a la escena.

Cindy se levantó para abrir la puerta.

—Debe ser nuestro invitado especial —dijo cantando y corrió a la entrada.

Escuchamos una voz de hombre al otro lado del pasadizo y luego la puerta chirriando hasta cerrarse.

—Miren a quién me encontré afuera —dijo Cindy cuando llegó a la sala. A su lado, nada menos que Aarón Gutiérrez.

Traté de acomodarme, de desaparecer las lágrimas, de disimular la cara curtida por mocos pegados en mi piel. Me sentí totalmente desgreñada frente a Ari que se veía tan exquisitamente masculino con la luz de la chimenea dándole a solamente la mitad de su cuerpo esculpido.

—*Ladies*… Espero que no las encuentre en medio de algo… —dijo y sonrió mientras se sentaba en un taburete al lado de Cindy y frente a mí.

Cindy se sentó. Sonreía de oreja a oreja, como una niña que acababa de hacer una travesura.

—Ari está realizando una serie de artículos con respecto a las torres para su revista. Tenía unas preguntas acerca de unas fotos que nos tomó hace unas semanas y cuando llamó, lo invité a que vea por sí mismo que lo que hacemos aquí no tiene nada que ver con brujería o con sectas diabólicas. ¿Conoces a Aranís, verdad?

Ari me traspasó con su mirada. Sentí una conexión inmediata, caliente y profunda. Lo sentí en mi clítoris pero también en mi corazón. Mi mente trataba de buscar objeciones, pero no parecía poder encontrar alguna.

—La conozco, pero no tan bien como quisiera —dijo, y colocó en el centro de la mesa el casco que me ofreció días atrás. Solamente él y yo comprendimos lo que me estaba diciendo.

—Hola nuevamente. Otra vez me encuentras hecha un asco —dije.

—Sin criticarte… —murmuró Cindy mientras le servía a Ari una taza con té verde.

—Otra vez te encuentro rebosando de belleza natural —contestó Ari galantemente y levantó la taza con té para brindar y llevársela a los labios.

Me enfoqué en su rostro, en el gesto que sabría haría en unos segundos.

—¿QUÉ ES ESTO? —gritó Ari cuando el sabor llegó a su paladar. Hizo una mueca de desagrado y dejó caer la taza sobre el platito.

Todas nos reímos.

—Es té verde, la especialidad de Cindy —dijo Judith—. Te acostumbras…

—Uy, perdón, me agarró de sorpresa —contestó Ari, regresando a su personalidad cordial; y retomando la taza bebió un sorbo—. Te acostumbras, supongo que así es… Hay que probar de todo en esta vida para saber qué es lo que realmente te gusta. ¿No creen?

—¿Cómo así? —preguntó Zezille.

Ari volteó a mirarla con atención. Le demostró respeto con su respuesta. Me gustó eso.

—Si no pruebas por ti mismo, entonces siempre estarás obedeciendo a los gustos de otros. Dejarás que otros tomen decisiones por ti, en lugar de embarcarte por ti misma en la aventura genial de tu vida.

—¿Cómo así? —volvió a preguntar Zezille.

Ari enfocó su mirada todavía más en ella, encorvó su cuerpo hacia adelante y colocó sus brazos sobre sus rodillas para encontrarse físicamente directamente frente a Zezille, totalmente a su disposición.

—Imagínate que solamente hagas lo que otros te dicen o que comas únicamente los productos publicitados en la televisión: te perderías del gusto de probar tantas cosas nuevas, de perderle el miedo a cosas que te intimidan, o de saborear aquello que otros no prefieren. La vida es probar cosas nuevas —contestó y se bebió el resto del té—. Si no te retas constantemente a salir de tu zona de confort, estarás a destinada a una vida aburrida.

Zezille pensó en las palabras de Ari, luego dijo:

—Como con las almas que vienen a este mundo a tener experiencias dentro de un cuerpo limitado y humano.

—¿Cómo con las almas? —preguntó Ari y volteó a mirar a Cindy—. ¿Almas? ¿Eso es lo que estoy viendo en las fotos? ¿Fantasmas?

—¿Qué fotos? —preguntó Judith.

Ari sacó las fotos de su maletín y las puso sobre la mesa.

—Estas —dijo—. Estos puntos relucientes, estas manchas de luz que en el caso de las fotografías que le tome a Ari parece una persona… ¿son almas?

Cindy se colocó sus anteojos y revisó las fotos una por una. Cuando llegó a las mías, sonrió complacida.

—Son energías —dijo pasando el dedo sobre el contorno de una de esas luces en una de mis fotos, dibujando con su dedo una persona más alta que yo—. O almas, o espíritus, o esencia divina manifestada en forma de luminiscencia en estas fotos.

Ari se quedó boquiabierto.

—No todo lo que ves es todo lo que hay —siguió Cindy mientras ponía las fotos a un costado y le servía otra taza con té—. Algunos llevamos un traje, otros no. Pero el universo se conforma de esencia espiritual a la que llamamos almas. El alma es lo que nos hace ser divinos, amor incondicional, sin límites ni condiciones, amor eterno. Lo que ves puede ser nuestra propia esencia o la esencia de otros. Qué divinidad la que recorre las calles con nosotros, ¿verdad?

Miré hacia donde Ari. Él me miró y sonrió una sonrisa conocida. Luego me guiñó el ojo. Yo sentí sosiego.

—Quiero una prueba —dijo Ari.

—Tu alma te está diciendo que no la necesitas y sin embargo prefieres escuchar a tus pensamientos —contestó Cindy—. Las fotografías son tu prueba. Toma una ahora, verás que el espacio casi no da cupo para todos los que estamos.

Ari buscó la cámara en su maletín. La acomodó para el ambiente de la sala oscura. Nos pidió que nos pusiéramos en grupo, pero dejando cierta distancia entre nosotras para ver cuántas luces aparecían a los costados, y llevándose el aparato a la cara procedió a tomar las fotos. *Click, Click, Click.* Cuando terminó, volteó la cámara para mirar los resultados. Su rostro cambió por completo con lo que vio.

¿Ari o Chris?

Cuando salimos del departamento de Cindy era bastante tarde y la nieve caía con fuerza sobre el asfalto. Caminamos en silencio Ari y yo. Él no pidió acompañarme y yo no le dije que lo hiciera; y sin embargo ahí estábamos, callados pero diciéndonos tanto bajo la luz del semáforo que dirigía un tráfico ausente de lunes de madrugada.

—¿Te has tomado una foto de ti mismo? —dije por fin rompiendo el silencio.

Él se detuvo. Su aroma masculino llegó hasta mí y no pude evitar dejarlo entrar y capturar mis sentidos.

—No lo he pensado. He estado obsesionado contigo. Celoso de la luminosidad que te acompaña en las fotos… —susurró y se acercó hasta donde pudo.

Yo lo sentí avanzar y retrocedí nerviosa. Sentí mi cuerpo deseándolo y mi mente implorándome que no me entregase a deseos, que no cediera a impulsos. Él se detuvo. En lugar de besarme sacó su cámara y sin decir nada se tomó una foto.

Volteó la cámara y me apresuré a ponerme junto a él para ver lo que aparecía en la pantalla. Sentí su olor a casaca de cuero curtido por años de asignaciones, viajes y malas noches, y su olor a loción *aftershave*. El viento frío nos atacaba desde cuatro esquinas pero no parecíamos sentirlo, estábamos concentrados en el momento.

—¿Tú hiciste esto? —preguntó alelado con la cantidad de luces alrededor de él—. ¿Eres algún tipo de bruja?

Lo miré resentida. La atracción se cayó al suelo y se rompió en mil pedazos.

—¿Bruja? ¿No escuchaste nada de lo que dijo Cindy? ¿No entendiste que estas luminiscencias son energías de almas? —respondí molesta.

—¿Tú no pusiste esto aquí, en la foto? —dijo Ari confundido con mi respuesta.

—Son energías —repetí.

—Si eso es cierto, ¿por qué no han aparecido antes en mis fotos?

—Estaban ahí. Tú escogiste no verlas. No estabas preparado.

Ari se sentó sobre la vereda. Yo me senté a su lado. No podía soportar la mirada de desconcierto que tenía. Mi resentimiento hacia él por llamarme «bruja» se disolvió dentro de un copo de nieve. Volví a ver al hombre, a su esencia divina y a su cuerpo físico unidos para mi deleite. Y como lo hicieron tantas veces mis amigas por mí, tomé su mano varonil entre las mías y le dejé sentir mi calor conectándose a su esencia.

—Cuéntame de ti. De pronto siento una necesidad de saber, de conocerte por completo —dijo entusiasta, su aliento mentolado llegaba cerca de mis labios, besándolos con sutileza, su mirada penetrante brillaba bajo el farol de la calle, haciéndome sentir viva, tan viva como aquella noche que bailé música *country* con un extraño—. ¿Nos hemos conocido antes? Siento una atracción difícil de explicar, como si ya hubiese compartido momentos como este contigo.

Pensé en Chris. Él y yo solíamos sentarnos en las gradas a la entrada de su edificio. Aun en días de frío invernal como este.

—No creo —mentí. Mi alma decía que lo reconocía pero que no era el momento de revelarme toda la verdad. Decidí confiar y recibir en abundancia cuando llegase el instante preciso.

Ari y Ari BFFs

En un sentido práctico me convertí en la guía espiritual de Ari. Lo deseaba con todo mi cuerpo pero anhelaba todavía más que él entendiese quién era yo ahora. De manera egoísta tal vez buscaba tener un testigo de mi transformación. El hecho de ser seguidora de Cindy no significaba que dejé de ser humana. Aparentemente el privilegio y el orgullo de llegar a una meta me eran de tanta importancia como el objetivo de entender y conectarme a mi ser espiritual y divino. Como dije, todavía humana. Mente racional y ego incluidos.

Veía a Ari al amanecer, generalmente cuando salía a correr. Él me daba el encuentro a medio camino y trotábamos y conversábamos al mismo tiempo. Fue la primera persona fuera del círculo a quien le conté que yo era periodista. Me animó a recobrar mi profesión y poco a poco empecé a escribir de nuevo. Primero lo hice de prueba, para mí misma. Luego me conectó con amigos que publicaban medios alternativos. Le gustaba verme gozar a plenitud. Decía que cuando me veía escribir en mi libreta de notas a la hora del desayuno, cuando nos sentábamos en un café luego del ejercicio, mi rostro feliz mientras vertía palabras sobre el papel era lo más cercano a una imagen celestial que él podía imaginar. Me reía con él como nunca lo hice con nadie antes. Nuestra conexión llegó a ser íntima en poco tiempo. Aun cuando no habíamos compartido el lecho, la cercanía y el conocimiento a nivel de esencias nos colocaba a un nivel aventajado, desconocido por mí antes de cruzarme con Ari.

En las tardes visitaba a Cindy y me empapaba de ella, de su generosidad. A inicios de febrero me hizo una propuesta: «Imagina la vida que quisieras para ti. Imagina todos los detalles. Cada visión que tengas eres tú escogiendo. Una vez que seleccionas lo que deseas en tu vida, el amor que te tienes permitirá que tu esencia la manifieste y que todos los elementos se desarrollen».

Tú mereces amor incondicional

Me he despertado llorando muchas veces, gimiendo de excitación sexual en variadas ocasiones, pero nunca me he despertado riendo a carcajadas, sintiendo gozo, júbilo, deleite espiritual puro.

Cuando abrí los ojos ese amanecer no sabía de qué reía, solamente entendía que llevaría conmigo ese día una alegría inmensa, indescriptible, incondicional.

Cuando vi a Ari parado cerca de las gradas de mi casa esa alborada helada supe lo que quería. Salté desde la cima, me acerqué corriendo hasta él y le di un beso mojado por un copo de nieve en la mejilla. Él recibió mi gesto y quiso mover sus labios desde mi cachete hasta los míos pero me retiré antes de que me besara en la boca, necesitaba una sesión con Cindy de urgencia.

No esperé hasta la tarde para ir a visitar a Cindy. La sorprendí atendiendo a una pareja. Me pidió que esperara hasta que ella estuviese lista. Me fui para la cocina. Me serví té verde y me senté en una silla cerca de la ventana. Afuera había dejado de nevar y el sol se asomaba por entre las nubes. Saqué mi libreta y me puse a escribir los motivos por los que debería estar con Ari y los motivos por los que no debería estar con él.

¿Sería posible que aquel renacimiento espiritual fuese en realidad mi preparación para amar nuevamente?

—¿Soñaste con la vida que quisieras para ti? —preguntó Cindy apenas se despidió de la pareja y me dio el encuentro en la cocina. Cargaba en sus brazos una chinchilla gigante que me miraba desde lo alto indagadora. Supe que tenía curiosidad porque se restregaba las manitos y sus ojos saltones me miraban como si me conociesen. Cindy le dio una pecana y el roedor se la guardó para más tarde en su abazón.

Cerré la libreta y luego la volví a abrir nerviosamente. Quería estar segura de despejar todas mis dudas antes de volver a ver a Ari. Habíamos quedado de salir esa noche para celebrar el Día de San Valentín.

—Ari me gusta mucho. Siento que de alguna manera Chris está en él —dije, sobando la esquina de una de las páginas en la libreta hasta deshacerla con mis dedos.

—¿La imagen resplandeciente en la foto te perturbó? —preguntó Cindy sentándose frente a mí.

Levanté mi mirada y me encontré frente a los ojos de la chinchilla mirándome fijamente. Cindy le había ofrecido otra nuez pero el animalito la tenía en sus manos sin hacer nada con ella, parecía que aguardaba mi respuesta antes de ponérsela en la boca.

—No me perturbó. Fue una señal. La he visto también en una foto que se tomó Ari.

—¿Entonces?

—Tengo miedo de perderlo también. Tengo miedo de que estar conmigo le cause morir…

—¿En un ataque terrorista?

—¿Estoy loca por pensar eso? Pero es que ya van dos…

—No serías humana si el pensamiento no se te cruzara por la cabeza.

—Qué alegría escuchar eso.

—Es normal. Al miedo de entregarte de nuevo le sumas la expectativa de que la persona que amas muera. ¿Le has pedido claridad a tu alma? ¿Le has pedido que te muestre, que te revele, qué sucedería si tú y Ari escogen amarse?

—¿Quieres decir que amarlo es también una decisión?

—Amar es siempre una decisión de conectarte a un nivel profundo con la esencia de otro ser. De honrar el mensaje de tu alma y confiar en lo que te revela acerca de tu futuro con alguien fuera de ti. El verdadero amor no puede ser superficial.

—¿Qué debo hacer Cindy?

—Primero hablemos de tu expectativa para el pobre Ari, que ya lo mataste de solo pensar en ofrecerle tu amor. Y por cierto, el hecho de que estés aquí preguntándome, preguntándote, me dice que estás abierta a enfrentar ese miedo.

La miré y sentí una lágrima bajar por mi mejilla. Era un alivio estar junto a Cindy cuando aquello sucedía. Sabía que ella nunca me juzgaría por presentarle mis emociones. La chinchilla se inclinó hasta donde yo estaba, sentí sus bigotes cosquilleando mi frente y un susurro en el aire entre las dos: «Confía y pronto entenderás todo el plan».

Me eché para atrás asustada. Cindy sonrió y colocó su mano sobre la mía. Mi corazón agitado amainó y sentí paz.

—Debido a que somos seres con limitaciones en el plano físico, y tenemos miedos y juzgamos, tiene sentido que también tengamos expectativas. Una vez que hemos tomado ciertos caminos y realizado ciertas decisiones, la vida nos ha «demostrado» que cuando hacemos A nos sucede B. Y si ocurre unas cuantas veces, estamos convencidos de ello y estas expectativas cargan nuestras vidas, muchas veces llenándonos también de miedo, y ya no queremos tratar cosas nuevas. Ahora que experimentas un crecimiento espiritual, que estás consciente de tu alma, es importante que entiendas cuáles son tus expectativas y cómo influencian las cosas que escoges y tus decisiones. Puedes hacer una lista de tus expectativas y decidir escoger irte por el camino opuesto. Si algo te pasó una vez, dos veces, tres veces y no te gustó, tú puedes escoger pasar por esa misma experiencia pero de una manera diferente. Puedes usar tus expectativas para ayudarte a tomar decisiones, pero de manera general las expectativas limitan nuestra habilidad de poder ver claramente, limitan nuestra habilidad de tomar decisiones, y limitan la manera en que experimentamos lo que hemos escogido hacer o, en este caso, a quien hemos escogido amar. Las expectativas existen y todos las tenemos. Pero entiende que son una herramienta para juzgar una situación y cuando juzgas no estás permitiendo que tu espíritu te ofrezca amor incondicional al mostrarte diferentes opciones. Es como cerrarte y solamente sentir miedo cuando puedes sentir amor sin límites. Quiero que te des permiso para tener la libertad de escoger si usarás esta herramienta o si la dejarás en la caja de herramientas. ¿Te darás permiso?

—Sí —respondí, pero de inmediato mi mente empezó a formular escenarios en los que no podría cumplir con lo que Cindy me estaba pidiendo.

Me llevé la mano a los ojos y me los sobé para tratar de enviar una señal a mi alma de que me rescatara de mí misma. La sobada de ojos la había practicado con Cindy unas cuantas veces y realmente notaba que me calmaba y acallaba a mi mente.

—No es fácil —concedió Cindy—. Pero tu alma realmente quiere tu permiso para ayudarte.

—¿En serio? —gimoteé. Realmente tenía miedo de que Ari cayese muerto en mis brazos esa noche.

—Mira hacia adentro y confía —dijo Cindy limpiando mi cara con una servilleta. La chinchilla se había parado en el filo del respaldar y desde ahí hacía unos ruiditos que a mí me parecieron como si toda una barra estuviese alentándome.

—¿Puedes preguntarle a mi alma si Ari morirá por mi culpa? —dije hipando las palabras.

—Tú sabes que cualquier decisión puede ser cambiada —contestó—. Posees libre voluntad y si realmente estás conectada a tu alma sabrás los detalles por adelantado.

La miré desconcertada. Dentro de mí sabía que la respuesta a mi pregunta era «No», pero necesitaba que Cindy validara el mensaje.

—Tú sabes la respuesta a esa pregunta —dijo Cindy.

La chinchilla saltó a mi regazo y a pesar de que los roedores no me gustaban, la acaricié con ternura. Algo había cambiado dentro de mí.

—¿No? —contesté con una pregunta. Definitivamente todavía indecisa. Odiaba no saber con seguridad pero detestaba incluso más no querer abrirme y confiar en mi ser divino. Mi humanidad obstaculizaba con despilfarradora agresión a mi espiritualidad—. Si lo dices tú me sentiré totalmente aliviada y te prometo que creeré.

—Si quieres conectar y recibir, tienes que destituir a tus miedos. Vivir en un reinado de miedo nos limita de vivir la vida y todas las experiencias con júbilo y fe en el mensaje que estamos recibiendo. Cuando escogemos miedo nos desconectamos de nuestra alma, del amor incondicional —contestó Cindy.

—Entiendo, pero quiero que tú me confirmes lo de Ari. Lo necesito, Cindy.

—Tú tienes la respuesta. ¿Qué es lo que tu instinto te está diciendo?

—Que tengo permiso para amar de nuevo y nadie morirá.

—Te recomiendo que empieces a escuchar tus propios mensajes. Ten valentía y espera siempre amor incondicional. Tú mereces amor; y siempre que estés de acuerdo, serás amada. ¿Qué tan claro está eso?

—Clarísimo —contesté y en ese mismo instante la paz de saber con seguridad me anegó.

El pasado queda flotando en un baño de burbujas

La alegría de saber con seguridad y con paz qué ruta tomar es algo que se nota en la cara de alguien, pero más interesante, es algo que se siente en su persona, es como una capa extra de amor incondicional que acompaña a esa persona vaya adonde vaya y se enfrente a lo que se enfrente. ¿Alguna vez te has sentado al lado de un desconocido que está alegre? Aun sin voltear, sin tener necesidad de mirarlo, puedes sentir su energía en el aire y si lo dejas ser, puedes contagiarte de ella, beneficiarte de su experiencia y seguir en tu día disfrutando una alegría compartida con un completo extraño.

Esa era la alegría que yo sentía mientras me alistaba para salir con Ari. Sentía a mi espíritu lanzándome unas barritas de aliento y veía las marcas del estrés de las dudas desaparecer de mi rostro.

Decidí regalarme una tarde de *spa* en mi casa. Quería concentrarme por completo en mí y en Ari, pero primero en mí. Cindy siempre dice que en los días en que escogemos sentir el amor incondicional de nuestra esencia divina nos sentimos libres de crear algo mágicamente nuevo y asombroso en nuestras vidas.

Mi creación comenzaría con un baño de burbujas en la tina de porcelana antigua que usaba únicamente para ocasiones especiales. Abrí la llave y dejé correr el agua caliente sobre las burbujas de jazmín y almendras. Me cambié de mi ropa de calle a un kimono rojo de seda china que Chris me regaló la última Navidad que estuvimos juntos. Pasé la mano por el dragón bordado en el área del vientre, la bajé hasta mi pubis y cerré los ojos recordándolo con pasión. El kimono todavía olía a él y a mí. Encendí la radio y busqué una estación de música *jazz*. Coloqué unas velas alrededor de la tina y las encendí. Apagué la luz del baño y luego de acomodarme en la tina escuché a Chris decir: «No te castigues por mí. Tú sabes que estaré junto a ti siempre que tú me quieras ahí. Quiero verte feliz, sentirte reconfortada por un nuevo amor, liberada del pasado, de los miedos y de juzgarte a ti misma por algo sobre lo que no tienes control. ¿Quedamos ratoncito?». *Quedamos*, murmure, y sonreí porque me acordé de la chinchilla de Cindy mirándome con el interés de una persona que me conoce.

Me quedé en la tina hasta que el agua se enfrió y mis dedos parecían pasas viejas. Me coloqué la mascarilla exfoliante en la cara y así, como marciana con el rostro verde, me metí en la ducha para enjuagarme bien, lavarme el cabello y calentarme nuevamente. Cuando salí, unos veinte minutos más tarde, cambié de estación a una música con sustancia, escogí una de las pocas que pasaban rock en español, con tanta suerte que agarré canciones de Sui Generis, Hombres G y Caifanes.

Me puse mis mejores productos para el cabello y una crema para después del baño que me hizo pensar que estaba en un naranjal.

Regresé a mi habitación e inicié el proceso de vestirme para la ocasión. Tenía que ser algo de invierno pero atractivo. No podía ser el clásico *blue jean* con chompón. Pensé en Ari, en qué tipo de ropa le gustaría verme usar para nuestro encuentro. Era un hombre sencillo en su manera de vestir pero siempre bien puesto. Aparte de la ropa de deporte, nunca lo había visto fuera de sus *jeans* y sus casacas de cuero y botas puntonas, pero aun si repetía de alguna manera a mí me parecía que él vestía diferente todos los días. ¿Sería mi corazón el que hacía ese truquito? ¿Ari me vería de la misma manera a mí?

Escogí un vestido de lana de manga larga y unas mallas negras sobre las que llevaría mis botas hasta las rodillas; encima del vestido me pondría un suéter abierto y una chalina gruesa al cuello. Para complementar, primero pensé que me pondría una *ushanka* rusa de sombrero, pero luego me fui por una boina colorada.

La historia del salchichón

Me puse cada pieza saboreando cada segundo. Me miraba al espejo y pensaba con ilusión de adolescente en la reacción de Ari. No podía creer que pronto estaría en mi primera cita romántica en meses y que todo dentro de mí esperaba con serenidad que aquel encuentro sería de ensueño.

Encomendé el asunto a mi alma mientras me terminaba de alistar, me colocaba el maquillaje, los aretes y brazaletes. «Te pido que lo que está por suceder sea lo mejor para mí... Y para Ari, claro», dije frente al espejo y en ese instante sonó el timbre. El momento había llegado.

Corrí hasta la puerta de entrada y la abrí. Llovía lluvia congelada y Ari estaba calado pero había logrado mantener las rosas que me traía intactas. Me las entregó y pasó a la casa. Yo cerré la puerta y lo saludé con un beso en la mejilla. Mojado y todo, con su clásica vestimenta de *Marlboro Man*, igual lo deseé desde el instante que lo vi sonriendo en el umbral.

—Es una de esas fuertes afuera —dijo Ari goteando agua en la esquina, cerca de la puerta.

Busqué unas toallas en la lavandería y se las entregué. Él se sacó la casaca y la camisa y me las dio. No pude evitar quedarme pegada en su físico como una chiquilla, auscultando con mi mirada su cuerpo de escultura grecolatina, con sus abdominales firmes y marcados, y unos brazos musculosos sin ser grotescos y una piel perfectamente tersa y naturalmente bronceada.

Suspiré y me relamí en mi interior. Chris tenía buen cuerpo pero el de Ari era ridículamente bello. Me pareció que él notó mi entusiasmo porque mientras se secaba me miraba también con atención y hasta me guiñó el ojo un par de veces.

—Me voy a poner esto en la secadora —dije para cortar la tensión sexual.

—¿Y mi pantalón? —contestó Ari, bajándose el *jean*.

Me tiré al sofá de un brinco, recogí una manta y se la pasé a la volada.

Nos reímos.

—¿Nunca has visto a un periodista sin ropa? —dijo Ari acomodándose la manta sobre sus hombros y la toalla sobre su abdomen.

Yo no podía dejar de reír. Era mi primer momento al desnudo con Ari y yo me comporté como si realmente nunca hubiera visto a un hombre sin calzoncillos.

Acomodé toda su ropa en la secadora y nos sentamos a esperar.

—Estás linda esta noche —fue lo primero que dijo Ari—. Bella, bella, bella. Tu rostro está en todos mis pensamientos. ¿Cómo haces?

Me sentí un poco incómoda por la atención y porque sabía que lo único que me separaba de Ari era un pedazo enano de tela que podía jalar en cualquier momento.

—Mientras esperamos, cuéntame lo más raro que te ha pasado en tu vida como fotógrafo —dije con la intención de rescatar nuestros pensamientos de la senda sexual que parecían haber tomado.

—Tú —contestó juguetón y alargó su brazo para tocar levemente mi mejilla.

Lo dejé hacer y con mi cuerpo temblando por la sensación que él inició en mi rostro regresé a la carga. Yo quería un romance, un amor de verdad, no una noche de algarabía sexual seguida de oscuridad.

—En serio, Ari. Tu ropa estará lista en unos minutos y luego podemos salir, pero mientras tanto… —contesté y me alejé lo suficiente como para que no me pudiese tocar con facilidad.

Me miró. Sentí su frustración. Luego sentí su energía pícara emergiendo.

—Una noche, hace unos cinco años, estaba cubriendo la historia de un criminal, de un asesino múltiple. Me encontraba muy cansado y entré al primer restaurante que hallé de camino de regreso a mi hotel. Era verano y hacía un calor infernal, incluso de noche. El local estaba lleno. Me senté en la primera mesa que encontré disponible. Un olor delicioso permeaba la atmosfera. «¿Qué es ese delicioso aroma?», fue lo primero que le pregunté a mi mesera cuando se acercó. «El plato especial de esta noche», contestó y apuntó hacia la mesa de unos comensales que se devoraban el platillo. Luego volteé y vi a otros haciendo lo mismo. Sin más preguntas, procedí a ordenar el especial, le tomé una foto cuando me lo trajo la mesera y me lo despaché en minutos. Cuando me marché seguía preguntándome qué era aquella delicia que comí y decidí regresar al día siguiente. Y así hice todas las noches durante una semana entera. Y la mesera cada vez más contenta de verme retornar pero nunca me daba la receta del plato especial. Unas semanas después, ya de vuelta a casa, estaba entregando unos rollos de fotos en el periódico cuando veo la cara de aquella mesera en una foto: la estaban arrestando frente al restaurante. Me acerqué para leer la noticia, y ¿qué crees? —dijo con voz de suspenso.

—¿Qué? ¿Qué había pasado? —contesté intrigada.

—Esta mujer y otras tenían un grupo de vengadoras cívicas, así se hacían llamar, que capturaban, castraban y luego asesinaban a hombres que abusaban contra mujeres en la ciudad y servían sus «morcillas» en el restaurante.

—¡Mentira! —grité asombrada—. No puede ser. ¿Cómo van a tener tantos penes?

—Es que los picaban para que alcance para más. Contando todos los días que fui, me debo haber comido un salchichón completo.

Me quedé mirándolo a ver si lo agarraba en la mentira. Pero él tieso, firme con su historia. Lo miré un poco más y más y más, hasta que el timbre de la secadora me obligó a levantarme para recoger su ropa. Cuando regresé, me dijo:

—¿Te provoca comida alemana? Tienen sus chorizos, sus morcillas, sus salchichones… todo tipo, todo grosor y sabor…

—¡Grosero! —contesté tirándole la ropa—. Casi me agarraste con esa. ¡*Enough* con los salchichones por esta noche!

Nos reímos y fue en ese instante que Ari me besó por primera vez. Todavía hoy, la electricidad de sus labios masculinos transportándome al «reino de todo es posible» reposa en mis labios.

Patinando en el hielo

Había dejado de llover y aunque las pistas estaban congeladas Ari calculó que el poquito de nieve que cayó encima de ellas le daría suficiente tracción como para manejar la moto unos kilómetros hasta el restaurante donde hizo reservación para nosotros.

—Nos vamos para el morcillero —se burló de mí mientras nos colocábamos los cascos.

Intenté darle un beso y choqué mi casco contra el filo del suyo. Me reí y subiéndome el vestido para que me permitiese abrir las piernas lo suficiente, me trepé a su motocicleta. El aire gélido que escaló entre mis muslos no me fastidió. Era como si todo mi cuerpo despertara con un gozoso golpe helado.

Ari hablaba pero yo no le podía entender, el ruido del motor y el temblar de todo mi cuerpo engarzado al de él no me permitían concentrarme en palabras. Lo abracé y apoyé mi cabeza a su espalda. Sentí el palpitar de su corazón, o tal vez el del mío, no podía distinguir.

Al rato llegamos hasta una esquina. Ari parecía confundido. Volteó a preguntarme por dirección. Él estaba casi seguro que la ruta más corta hasta el restaurante sería de frente, yo le dije que me parecía más adecuado voltear en esa esquina para tomar un trayecto alterno que yo conocía, yendo por atrás. Al momento en que viramos un camión y un automóvil que se pasó la luz roja se estrellaron. Podríamos haber estado en medio del accidente, pero al cambiar de camino nos tocó únicamente toparnos con la punta trasera del tráiler del camión que se salió de su carril hasta quedar en el nuestro y resbalamos sobre la pista congelada terminando unos metros más allá. A Ari le cayó la moto encima y le rompió la pierna. Yo me golpeé la cabeza. Cuando llegamos al hospital nos enteramos que el conductor del automóvil falleció en el impacto y el del camión se encontraba en estado crítico.

Luego de tratarnos en la sala de emergencias nos pusieron en una habitación compartida.

—¿Un angelito te dijo que volteáramos? —murmulló Ari apenas las enfermeras nos dejaron solos en el cuarto en penumbras.

—Algo así —contesté y alargando la mano para tocar a Ari desde mi cama me quedé dormida.

En sueños hablamos con libertad

Desperté al amanecer. Mi mano entumecida todavía se encontraba dentro de la de Ari y las camas estaban ahora casi tocándose.

—Hablas dormida —dijo Ari. Estaba sentado sobre su cama, con los pies descalzos apoyados sobre el metal de la mía.

—En sueños hablo con toda libertad —contesté con los ojos cerrados. Traté de entender por qué las camas estarían tan cerca la una de la otra.

—Gimes también. En libertad igual, me imagino. ¿Con quién soñabas? —dijo, asentando la pierna que quedaba libre en el poco espacio de suelo que restaba entre su cama y la mía. Se acercó, inclinó su cuerpo. Pude sentir su cabellera sobre la mía, los pelos de su barbita rozando mi mentón.

—Nada de interés para ti, preguntón —giré y me coloqué de frente a él. Aun en esa bata ridícula de hospital se veía guapo, atractivo, masculino. Recordé que no llevaría ropa interior bajo ese pedazo ínfimo de tela de algodón con dibujitos azules y me relamí. Colocó sus dos manos a los costados de mi rostro, me miró largamente, pasó sus dedos con mucho cuidado sobre la venda que coronaba mi cabeza y me besó con ternura. Sentí que mi temperatura subía, que los vasos capilares se ensanchaban, que mi clítoris se erguía despiadadamente, que la sangre viajaba desconcertada, atolondrada, a dos extremos de mi cuerpo, a la colectividad llamada Aranís Mejía que yacía en una cama de hospital sintiendo el despelote.

Ari se sentó en mi cama. Su mano todavía engarzada con la mía. Su pierna enyesada sobre un almohadón a los pies del lecho, la pierna buena en el suelo. Traté de levantar mi cabeza de la almohada pero el dolor me recordó el accidente y la vagina ancha, lubricada, me recordó lo que mi cuerpo quería y lo que infructuosamente combatía. Miré lo poco que pude a mi alrededor. No me estaba moviendo en absoluto, únicamente meneaba los ojos, pero el ritmo de las imágenes en mi procesador mental aparecía vertiginoso, entrecortado. Me sentí atada a esa cama y al hospital. Me sentí adolorida, caótica, sin salida frente al ardor de mi cuerpo frente a Ari.

Le pedí agua para tomar.

Me la trajo.

Cuando eso no resultó, le pedí que me pasara una esponja con agua por la frente.

Ari fue a hacerlo, pero cuando su mano llegó a la frontera con los vendajes y observó sangre fresca, roja rojita, escurriéndose por debajo de la gasa ceñida a la circunferencia de mi cabeza se espantó un poco y llamó a una enfermera, quien luego de auscultarme le explicó que la herida se hinchó y uno de los puntos reventó.

La señorita fue a hablar con su superiora y regresó con una mesita rodante en donde colocó todo lo que necesitaban para coserme. Mientras ella me preparaba y esperábamos al doctor de turno, Ari me hablaba. Mi mano continuaba enfundada dentro de la suya.

—Está con temperatura —observó la enfermera—. Puede ser una pequeña infección. Vamos a ver qué dice el doctor.

Yo estaba casi segura que mi temperatura tenía mucho que ver con Ari y probablemente nada que ver con mi golpe a la cabeza. Todavía podía sentir la incomodidad de mi cuerpo, felizmente disfrazado de paciente, deseando a Ari con una intensidad desconocida para mí.

Intenté distraerme conectándome con mi alma. Una visita a mi ser divino y fuera de esa situación me calmaría de seguro. Apenas hice la primera conexión interior, el *Ring, ring. Who's there? Me. Me who? Me You,* Cindy apareció milagrosamente en la puerta de la habitación. Traía con ella a mis hermanitas del círculo, Zezille y Judith.

—Ya era hora. Va a necesitar una interposición de manos, una pasada de huevo, un viaje intergaláctico... Se golpeó muy fuerte la cabeza. Está entrando y saliendo de conciencia y ahora la herida está sangrando —dijo Ari, ahora aparecía agitado, perdido, su cualidad de *Marlboro Man* desapareció y en su lugar pude ver un hombre íntegro, preocupado por mí. Un hombre leal.

Cindy se acercó a mi cama. Zezille y Judith permanecieron atrás, tomadas de la mano.

—¿Se ha despertado en algún momento o nada? —preguntó Cindy y tomó mi mano libre.

—Ha abierto los ojos, ha hablado en sueños, palabras incongruentes, nada que se pueda descifrar —contestó Ari.

—Sufre de un traumatismo craneoencefálico, concusión con una fractura de cráneo lineal —murmulló la enfermera mientras recibía al doctor.

Cindy giró, enganchó miradas con Zezille y Judith. Las tres asintieron en un acuerdo de mentes, un acuerdo de almas. Presentí que algo no andaba bien en ese cuarto de hospital. Mi vagina se cerró y mi clítoris se desinfló. Ya no me sentía caliente, sino más bien fría.

—Está aquí pero encerrada y nos da la impresión de que no lo sabe —dijo Cindy.

La miré desconcertada: *¿Cómo que estaba encerrada?* Abrí mi boca para hablar pero las palabras no afloraban, únicamente podía sentir mi baba convirtiéndose en engrudo, en goma, en mucílago que usurpaba con destreza el espacio de mis palabras y sellaba todas las salidas en mis labios.

Y entonces sentí las manos frías del doctor de turno removiendo el vendaje y la punzada indiferente al dolor del hilo y aguja remendando mi frente.

Imagino que los calmantes que pusieron en la in-travenosa surtieron efecto puesto que la angustia de saberme confinada en mi cuerpo dio paso a una experiencia inolvidable, de bóvedas abiertas y esencias sueltas, ilimitadas, disfrutando maravilladas en el reconocimiento de encontrarnos en una dimensión totalmente diferente. Ari estaba también ahí y mi alma lo sabía, lo conocía, lo entendía profundamente. Sin obcecaciones, ni prejuicios, ni temores, ni manipulaciones, Ari y yo nos desnudábamos frente a frente, dejando al descubierto nuestros espíritus, nuestras esencias.

El tiempo no tiene lugar en otras dimensiones. Y lo que parece largo es corto, cortísimo, como una descarga de electricidad, pero como una descarga de electricidad se siente con fuerza que trastorna, se entiende con veracidad que desconcierta, se concibe en una intimidad que desconocemos en el mundo de los humanos.

Ari fue el primero en hablar. No necesitábamos pronunciar palabras. Lo hacíamos porque queríamos.

—No te tienes que esconder dentro de tu cuerpo por mí. Puedes regresar y yo estaré perfectamente bien —dijo, acercándose. Sentí su energía llenándome de júbilo.

Miré a Ari. Vestía su cuerpo humano. Me sorprendió que la atracción a las formas que reconocemos en la tierra como agradables o no vinieran a colación en este lugar. Apenas pensé aquello entendí que ese era el caso, la experiencia, únicamente para mí; que era yo quien quería seguir siendo visualmente excitada por el cuerpo físico de Ari.

—¿Prometes no morir si decido amarte? —pregunté.

—Depende —contestó burlón a lo lejos y luego se acercó por entre un campo de flores rojas y altas, bastante altas.

—¿Cómo supiste? —pregunté sorprendida por el aroma arrasador de las flores.

—¿Tulipanes rojos? Las almas lo saben todo, ¿no entiendes eso ya, ratoncito? —contestó.

—¿Me prometes no morir? —insistí, a pesar de que ya tenía mi respuesta.

—¿En un ataque terrorista? No es mi plan —contestó y me pasó un pétalo rojo por la mejilla.

Decidí creerle y lo abracé. En ese instante sentí unos bigotes rozando mis labios y unas patitas taconeando en mi quijada. Desperté esta vez de verdad y me encontré con la chinchilla de Cindy casi encima de mi rostro. Chillé y el animal saltó. Juraría que lo escuché decir «carajo». Cindy lo guardó de inmediato en su bolso y llamó a la enfermera. Volteé y vi a Ari sentado en su cama, lejos de la mía, la pierna enyesada hasta la ingle reposaba sobre un cabestrillo levantado por una polea. Me sonrió aliviado y dijo:

—Bienvenida a casa, espero que te haya gustado el paseo.

Sobre mi cama, pétalos rojos se entremezclaban con la sangre que seguía brotando de mi herida.

Tu alma está a la espera
de darte lo que anhelas

Afuera del hospital nos recibió el clima mentiroso de fines de febrero. La nieve había desaparecido y el sol entibiaba con timidez el día.

—¿Es marzo? —pregunté emocionada con el cambio de clima.

—Ya quisieras. Todavía es febrero, pero no te preocupes que al rato arrancará el frío, lo escucho venir desde hace unos minutos —contestó Cindy.

Todos nos miramos. Nadie escuchaba nada, aparte del cantar de los pajaritos.

En ese preciso momento comenzó a granizar.

Nos reímos y atropelladamente intentamos llegar hasta el carro que estaba todavía lejos, subiendo un pavimento inclinado en un estacionamiento al descampado. Cindy empujaba mi silla de ruedas y Judith la de Ari. Zezille cargaba las muletas.

—¡Carrera de sillas! —arengó Ari.

Judith y Cindy se miraron traviesas y picaron de inmediato a correr mientras que pelotas de granizo del tamaño de una canica grande nos golpeaban sin pausa.

El automóvil que Cindy alquiló para recogernos mostraba una carrocería completamente deformada por las pelotas congeladas que cayeron sobre ella, dejándola con abolladuras en forma de pelotillas.

—Felizmente no es mío —dijo Cindy cuando vio el vehículo magullado de cabo a rabo y me ayudó a subir al asiento de atrás.

Judith acomodó a Ari en el asiento de pasajero, al lado de Cindy; y luego entre las dos devolvieron las sillas a la entrada del hospital.

Al parecer la granizada se trató de únicamente una nube cargada encima del hospital, pues apenas avanzamos unos kilómetros un bello día primaveral nos recibió con un cielo azul intenso, nubes de algodón blancas y gruesas, y plantas reverdeciendo.

Cindy aparcó el carro en la vereda frente a mi casa. Todos bajaron conmigo y me ayudaron a reinstalarme. Yo me sentía mareada debido a la cantidad de días que pasé postrada en el hospital, había bajado de peso y tuve muchos amaneceres delirantes.

Mientras Cindy armaba un barullo en la cocina, preparando té y unos bocadillos para los cinco, yo me senté en un sillón y coloqué mis piernas en alto en el reposapiés. Judith acomodó a Ari en el sofá y le puso un almohadón bajo su pierna enyesada y otro bajo su cabeza.

—¿Saben dónde quedó mi moto? —dijo Ari inquieto y trató de levantarse.

—Ni lo pienses. No te puedes mover —dijo Judith entre seria y juguetona—. Tu moto está en reparaciones donde un mecánico conocido y estará lista cuando tú estés listo para montarla nuevamente.

—¿Y mientras tanto, cómo me movilizo? —contestó impaciente—. Pásame algo para rascarme, Zezille, que la picazón me está volviendo loco.

Zezille se fue a mi cuarto a buscar una regla o un lapicero.

—No tienes por qué movilizarte a ningún sitio por unos días. Te quedas aquí con Ari para que se cuiden mutuamente y Zezille también se queda para atenderlos a los dos —dictaminó Judith—. Y nada de quejarse, que esta es la mejor solución que les podemos ofrecer. Solamente unos días hasta que se sientan mejor.

Ari no peleó la propuesta de Judith y yo tampoco la batallé. Me gustaba la idea de tener tiempo con él en casa para conocernos mejor pero sin la tensión sexual de estar los dos enteritos y arrechados, calientes y cachondos.

Ari dormitaba sobre el sofá cuando nos dejaron solos esa tarde para ir de compras de alacena en el supermercado. Yo me acababa de despertar de una siesta y apenas cerraron la puerta me acomodé quietecita en el sillón para admirarlo. Se había quedado dormido empuñando la regla enterrada en el pequeño resquicio entre su piel y el yeso. Parecía un serafín indefenso con sus cabellos alocados cayendo sobre su frente y la barba a medio crecer. Debajo de la camiseta negra invernal de manga larga se delineaban sus músculos abdominales y los de los brazos. Su *blue jean* tenía solamente una pierna completa; de la otra, para acomodar el yeso hasta el muslo, quedaba únicamente el retazo que cubría la cadera y la nalga.

Me acerqué despacito hasta sentarme en la mesa de centro. Me incliné hacia adelante hasta estar frente a él. Sentí su respiración ocupando el aire entre los dos, abrazando la mía. Respiré su energía respirando la mía. Me pregunté si todo lo que pasó antes de Ari, el terrorismo en Perú, perder a Renzo, dejar mi carrera, venir a Estados Unidos, el 911, perder a Chris, conocer a Cindy, si todo eso era parte de mi plan para llegar hasta este momento, hasta Ari.

«Tu alma está a la espera de darte lo que anhelas porque ese deseo emana de tu propio ser. Es una experiencia que tu alma quiere que disfrutes y entiendas íntimamente, sin miedos ni prejuicios. Solamente recuerda que tienes libre voluntad y puedes cambiar de rumbo en cualquier momento», escuché mi voz dentro de la voz de Cindy decir.

Ari abrió los ojos y mis pensamientos cayeron a la alfombra y desaparecieron debajo del sofá.

—¿Estás despierta desde hace rato? —dijo y se rascó con la regla.

Asentí. Me acerqué y le di un beso largo en la frente. Él intentó mover su cuerpo hasta que nuestras bocas se encontrasen pero no fue rápido y para cuando él estuvo en posición yo ya me había sentado nuevamente frente a él.

—Tentadora. *Teaser, teaser.* No puedes ser así con un hombre. Confunde —dijo, alargando el brazo hasta colocar su mano sobre mi regazo y tocar levemente mi entrepierna.

Sentí una descarga de felicidad llegar hasta mí y me lancé a darle un beso prolongado en la boca.

—Quiero estar segura —dije, sentándome de nuevo en la mesa de centro. Las manos de Ari ahora jugando con las mías al borde del cierre de mi pantalón.

—¿De que no me vas a matar con el pensamiento? —contestó Ari acomodándose con dificultad sobre el sofá.

Me sentí extrañada. Renzo y Chris eran temas de los que no habíamos conversado mucho, casi nada.

Ari me miró desconcertado.

—Nuestra conversación el otro día… —atinó a decir.

Lo miré intranquila. No sabía que él tenía el poder de estar en mis pensamientos.

—Cuando estuvimos en otro lugar, otra dimensión dijo Cindy. Lo llamó un viaje astral. Aparentemente estás llegando a un nivel alto de consciencia. Ya tienes poder de convocatoria de energías ajenas —dijo Ari, se había levantado y saltaba con una pierna buscando algo en la sala.

Me sentí liada con esa información. Cindy me advirtió que sucedería y ahora no sabía qué hacer con ese nuevo dominio de lo sobrenatural.

—¿Yo hice eso? ¿De veras estuviste ahí? Descríbeme lo que vimos —atiné a decir todavía incrédula.

—Estábamos en un campo de tulipanes rojos. Tú y yo. Tú estabas desnuda y tu cuerpo exquisito mostraba una magnificencia desconocida hasta ese entonces para mí. Era algo fuera de este planeta —recordó Ari—. ¿Sabías que los tulipanes rojos representan el amor verdadero y la creencia en el amor?

Sentí una lagrima abultándose debajo de mi párpado derecho y quise abrazarlo emocionada. En lugar de eso, lo acribillé con preguntas, con dudas, con miedos.

—¿Qué fue lo que dije? ¿De qué hablamos?

—Hablamos de tus barreras al amor verdadero. Piensas, no, esperas que si me quieres, que si te entregas tan siquiera un poco a mí, yo moriré en un final dramático, en un ataque terrorista, como Renzo y Chris —Ari contestó y se sentó a mi lado en la mesa del centro.

—Cindy te puede haber revelado esa información. ¿Qué dije, exactamente?

Ari suspiró, tomó mi mano y reprodujo nuestro diálogo palabra por palabra:

—¿Prometes no morir si decido amarte? —preguntaste.

—Depende —contesté burlón a lo lejos y luego me acerqué por entre un campo de flores rojas y altas, bastante altas.

—¿Cómo supiste? —preguntaste, sorprendida por el aroma arrasador de las flores.

—¿Tulipanes rojos? Las almas lo saben todo, ¿no entiendes eso ya, ratoncito? —contesté.

—¿Me prometes no morir? —insististe a pesar de que ya tenías tu respuesta.

—¿En un ataque terrorista? No es mi plan —contesté y te pasé un pétalo rojo por la mejilla.

¿Quién necesita mayor prueba que aquella? Yo.

—¿Cómo llegaron los pétalos hasta mi cama? —inquirí. Quería creerle pero mi mente no me lo permitía.

—En serio, Ari… Estás trabajando en aprender a conectarte con las energías y no puedes relajarte, entender que eres tú quien manifestó todo lo que vimos, lo que hablamos, lo que sentimos. Yo quise que los pétalos estuvieran sobre tu cama, pero fuiste tú quien los manifestó en realidad física. ¿Recuerdas lo que te dije cuando despertaste?

— Bienvenida a casa, espero que te haya gustado el paseo —contesté.

Ari me miró con amor, me abrazó con ternura.

—Necesitas perdonarte. Aunque sea por algo que no hiciste, pero necesitas perdonarte. Tú eres la única que puede hacerlo. Y cuando lo hagas, yo estaré aquí, esperándote, para amarte —dijo Ari.

—¿Incondicionalmente? —pregunté.

—Incondicionalmente y para siempre en esta vida —contestó.

—¿Estuviste hablando con Cindy mientras yo estaba inconsciente? —pregunté.

—Con Zezille. Esa niña es un genio —contestó y me besó en la boca.

Una alegría indescriptible me inundó y me sentí en armonía nuevamente.

El secreto de Ari Gutiérrez

Fue una semana de primeras veces, de placeres inolvidables, de regresos a tiempos menos complicados. Ari y yo no hicimos el amor físicamente, pero lo que vivimos en esos días confinados a mi casa fue mejor, extraordinariamente superior que un encuentro de cuerpos.

Al final de la semana, Ari me confesó su secreto.

Unos años atrás, Ari estuvo en asignación en Tailandia, tomando fotografías para un reportaje acerca de prostitución infantil. Me contó que en el mundo entero millones de niñas, niños y adolescentes son forzados a trabajar como esclavos sexuales, pero que Tailandia era uno de los peores lugares para ser una niña pobre porque tu propia familia te puede vender a un burdel.

Casi al final de una semana de cubrir estas historias que le rompían el corazón y le provocaban arcadas llegaron en una redada hasta la casa de un hombre que gerenciaba prostíbulos a lo largo del país. Ahí descubrieron un salón repleto de niñas pequeñas, de unos seis a diez años, que vivían en esclavitud y estaban reservadas para el uso de clientes especiales. Ari decidió cambiar su vida ese día y rescató a una niña de apenas 8 años que vivió el último año de su corta vida forzada a tener relaciones sexuales quince veces al día, y a veces más, con hombres que no solamente la violaban sino que la maltrataban físicamente.

—Adopté oficialmente a Chai-Lai hace un año. Básicamente me la robé de la celda a donde la policía la trasladó y pretendía dejarla por un tiempo indefinido. Mis compañeros me dijeron que por lo general las niñas capturadas en las redadas son violadas y vendidas por los mismos oficiales que las rescataron. Chai-Lai se convirtió en mi amiga mientras hacíamos el reportaje porque era la única en el grupo que sabía un poco de inglés. Ella me contó al detalle todos los ultrajes que sufrió a manos de tantos. Yo no pude con lo que ella me relató. Tenía que hacer algo, así es que sobornando a diestra y siniestra la saqué de ese infierno y me la traje conmigo.

—Chai-Lai es un bello nombre, muy melódico — fue lo único que acerté a decir. La nobleza de carácter de Ari me sobrecogió.

—Chai-Lai significa bella. Quiero que la conozcas —dijo Ari sacando una foto de la niña de su billetera y mostrándomela—. Vive en Atlanta conmigo y con mi hermana, Nehira. Debido a mis viajes yo no puedo estar con ella, ser un verdadero padre, de a diario, pero mi hermana se comporta como una verdadera madre.

Tomé la foto entre mis dedos. Chai-Lai en el medio, Ari a la derecha, su hermana Nehira a la izquierda; se veía que estaban en un parque con árboles altos y frondosos.

—Tienes una bella familia —dije un poco desilusionada (¿despechada?, ¿envidiosa?), centrada egoístamente en mí, no podía entender qué sería de mí ahora que Ari me confesó que tenía una familia. ¿Encajaría yo en sus planes?

Ari se levantó y me levantó con él. Balanceándose en una pierna y sin muletas me tomó con ambos brazos y me puso frente a él, nuestros rostros rozándose.

—Quiero que seas parte de mi familia. Tengo que ir a Atlanta mañana para unos papeleos de Chai-Lai, pero regresaré, te prometo.

Lo besé sin decir más. No quería que mis torpes pensamientos se entrometieran con mis profundos sentimientos hacia Ari.

Arí y los tulipanes rojos

El día que partió hacia Atlanta, Ari me dejó una «prueba» de su amor: un cachorro *husky* siberiano de pelo grisáceo y ojos azules intensos. Por broma decidimos llamarlo «Arí», que significa «sí» en quechua.

Arí me acompañaba a correr al amanecer y luego me seguía a donde fuera dentro de mi hogar. De alguna manera, cuidar al cachorrito, extenderle mis cuidados y recibir su cariño y su compañía juguetona, mantenía a Ari presente en mi día y me obligaba a centrar mis emociones y sentimientos en un ser que me necesitaba constantemente para sobrevivir. Tal como Ari, Arí era incansable y bullicioso. Me llenaba la casa de alegría y hacía que los días de espera se sintiesen cortos.

Continuando con mi entrenamiento, Cindy y yo nos reuníamos por las tardes. El primer día ella me recibió con un solitario tulipán rojo que Ari le encargó me diese por el día que él estaba ausente. Al segundo día, me entregó dos. Al tercero, tres. Al cuarto, cuatro. Y así sucesivamente, ella me entregaba cada día al atardecer tulipanes rojos que yo iba colocando en diferentes floreros, cada uno con una nota de Ari: «Este tulipán rojo representa el primer día que estoy lejos de ti. También representa la alegría que traes a mi vida», decía la primera nota. «Estos tulipanes rojos representan dos días que estoy lejos de ti. También representan la alegría y la felicidad que traes a mi vida», decía la segunda nota.

«Estos tulipanes rojos representan tres días que estoy lejos de ti. También representan la alegría, la felicidad y el gozo que traes a mi vida», decía la tercera nota. «Estos tulipanes rojos representan cuatro días que estoy lejos de ti. También representan la alegría, la felicidad, el gozo y la paz que traes a mi vida», decía la cuarta nota. «Estos tulipanes rojos representan cinco días que estoy lejos de ti. También representan la alegría, la felicidad, el gozo, la paz y la bendición que traes a mi vida», decía la quinta nota.

Permíteme ser tu héroe

Al sexto día toqué la puerta de Cindy anticipando las flores y la nota de Ari. Cuando Cindy abrió, no vi nada en sus manos y me reí sospechando alguna broma de Ari. Algo más grande de seguro me esperaba en la sala. Entré a la volada, recuerdo que sonreía de oreja a oreja, Arí sentía mi energía y ladraba y brincaba a mi alrededor; pero grande fue mi decepción al no encontrar ningún regalo especial para mí de parte de Ari.

—No entiendo —murmuré desconcertada y me deshice en el primer sillón que encontré—. Pensé que me amaba… ¿Por qué dejó de enviarme flores? Todo iba bien. No entiendo.

Arí saltó a mi regazo para que lo mime pero yo me sentía tan infinitamente defraudada que lo espanté empujándolo de un manotazo de mi falda. El perrito lloriqueó y se fue a esconder en un rincón lejano.

—Lo sabía, no lo merezco. ¿Es eso Cindy? ¿Es por eso que Ari me dejó un perro y se largó de mi vida? ¿Piensa que eso es lo que merezco: un perro? Eso es lo que es él: un perro, por hacerme creer que yo podía tener amor, que me merezco amor, que estoy permitida de amar nuevamente después de todo —dije, mi voz entrecortada por las lágrimas, los sollozos de rabia.

Cindy se sentó en la mesa pentagonal sin decir nada. Juzgué que de su ser únicamente emanaba pena por mí y me sentí todavía peor.

—¿Este es el plan, Cindy... Que todo vaya bien hasta que en cierto momento la persona que decido amar me abandone? ¿Ese es el gran plan para mí? —acusé con ira.

Cindy me tomó de la mano. La dejé tocarme por un instante, deseaba con toda mi alma su amor incondicional, pero mi mente me obligaba a rechazarla «por mi propio bien».

—Cuando entiendes y deseas con todo tu ser el plan que has escogido, las cosas se presentarán de una manera perfecta. Tal vez no exactamente como lo imaginas desde tu mente humana limitada, pero incluso mejor y en el mejor momento. A veces se nos ocurren razones por las cuales debemos negarnos algo, pero es porque es diferente pensar que quieres algo a saber que estás siendo guiada a ese algo por tu propia esencia divina. Tu energía es vibración y cuando pronuncias aquellas palabras de duda, miedo y autocrítica, tu alma entiende que eso es lo que estás escogiendo... Y eso es lo que te dará... ¿Es eso lo que quieres? —dijo Cindy y acercó su rostro al mío.

Negué con la cabeza y me hundí en el sillón de la esquina, ovillándome. Seis tulipanes y una nota de Ari era todo lo que quería en ese momento. Pedía algo tan sencillo. ¿Por qué me lo negaba el universo?

—Recuerda que te amas, Ari, recuerda que mientras más te ames más lejana te encontraras de los líos mentales de analizar exageradamente, de pensar que no te lo mereces, y será mucho menos posible que entregues tu libertad de escoger a otros. Pídele a tu alma que te guíe. Entrégale este pesar y pregunta qué es lo mejor para ti. Verás que el asunto se soluciona a un nivel mucho más alto, más sabio, más eterno, un lugar de diferente consciencia, en donde tú no tienes que estar envuelta en preocupaciones, ansiedad, dudas o prejuicios. Si te la pasas juzgando, no habrá espacio para el amor que tu alma te quiere regalar.

—¿Por qué hoy me abandonó Ari? —contesté con la mente y las emociones en la mano.

—¿Cómo puedes saber que te ha abandonado? ¿Cómo puedes decir que no te lo mereces? Estás filtrando lo que ves en este espacio limitado por el cernidor finito de tu mente. ¿No entiendes? Estableciste expectativas y ahora sientes que has sido defraudada —dijo Cindy. Por primera vez la vi fastidiada con mi empecinamiento.

—Por la falta de tulipanes... Los esperaba... —contesté empezando a entender la perspectiva de Cindy—. ¿Quieres decir que el hecho de que Ari no envió tulipanes hoy no significa que nuestro plan ha cambiado o que él ha dejado de quererme?

Cindy asintió. Su rostro regresó al de ternura y compasión que yo conocía.

—Sabemos la verdad divina. Yo la sé y tú la sabes. Pero no puedes aceptar la verdad y las críticas a tu persona, las que tú misma produces, que son las peores de todas, al mismo tiempo. Si aceptas tu verdad te amarás a ti misma sin condiciones y te será entonces posible recibir el amor incondicional de otros, que te lo entregarán libremente, a su propia manera y a su propio tiempo.

Asentí, me sequé las lágrimas y dejé que Arí saltase a mi regazo nuevamente. Fue en ese instante de aceptación que escuché la melodía más hermosa que he oído en mi vida. Primero unos acordes que llegaban de lejos, como amortiguados por paredes. *«Would you dance, if I asked you to dance? Would you run, and never look back? Would you cry, if you saw me crying? And would you save my Soul, tonight?»* Era la canción «Héroe» de Enrique Iglesias. La conocíamos bien en Nueva York.

Pero a los segundos las luces en el apartamento se apagaron por completo y me encontré totalmente a oscuras. Incómoda, me levanté y llamé a Cindy. La música se desvaneció y yo parecía estar sola nuevamente.

Silencio por unos segundos. Ansiedad.

Y entonces un regalo maravilloso e inesperado. Escuché la voz de Ari susurrando a mi oído: *«Let me be your hero. Permíteme ser tu héroe».*

Las luces se encendieron nuevamente. Frente a mí: Ari y una sala llena de tope a tope con tulipanes rojos.

«I can be your hero, baby. I can kiss away the pain. I will stand by you forever. You can take my breath away». Deposité mi cuerpo en los brazos de Ari, cerré los ojos y bailamos.

La gratitud como un prólogo,
no un epílogo

Chai-Lai y Nehira nos esperaban en el departamento de Judith. Obviamente todos participaron en la sorpresa que me llevé donde Cindy al ver a Ari en medio de una campiña de flores rojas en un apartamento neoyorquino y la emotividad de la canción que me dedicó.

No me lo esperaba. Ciertamente ni se me pasó por la cabeza la idea de merecerme un reencuentro tan extraordinario. Pero en ese momento me di cuenta que era hora de empezar a pensar que los milagros ocurren y que a veces les suceden a aquellos de nosotros que tenemos, que nos aferramos en tener, una opinión tan baja de nosotros mismos a pesar de sabernos una creación divina.

Ari me tomó de la mano. Noté que temblaba un poco. Me enterneció que él estuviese presente en la emoción del momento. Me gustaba estar junto a alguien que siente profundamente, que vive su vida en tiempo presente.

—Aranís, te presento a mi hermana Nehira y a mi hija, Chai-Lai —dijo Ari.

Chai-Lai y Nehira dieron un paso adelante para darme un beso en la mejilla. Les respondí con una sonrisa. Sentí en sus energías amor, solamente amor, sin expectativas ni prejuicios. Resolví olvidar mis temores y mis recelos y darles lo mismo a cambio.

—Me dicen Ari también, y este es mi perrito: Arí —dije, mostrándoles el *husky* que en pocos días había crecido una barbaridad.

Chai-Lai se sentó a jugar con Arí. Era una niña de unos doce años, alta y delgada, de un rostro asiático bello, de piel morena, cabello negro y ojos negros inquisitivos. Zezille se le acercó y se la llevó a la cocina con el perro. Desde la sala podíamos escuchar sus risas. A los minutos salieron con bandejas de bocaditos y nos sirvieron.

Nehira se dedicó a jugar a la periodista conmigo. Realmente quería estar segura que Ari y Chai-Lai podrían encontrar felicidad a mi lado. Yo me centré en escuchar, realmente escuchar sin juzgar, los mensajes que llegaban hasta mí desde lo más profundo de mi ser y me empapaban con bienestar. Conversando con Nehira, mientras permanecía tomada de la mano con Ari, mi perspectiva acerca de mí misma se transformó de un ser que espera a un ser que entrega. Entendí que la gratitud inicia antes, mucho antes, de que aparezca aquello por lo cual estar agradecido pues si tienes verdadera convicción acerca de la divinidad de tu creación sabes que lo tuyo está en camino y que siempre, pero siempre sin duda alguna, será mejor que aquello por lo que has pedido. Hallé dentro de mí mayores razones para sentir paz que para sentir desasosiego alguno. Supe sin lugar a dudas que mi destino se presentaba frente a mí y que todo lo que yo tenía que hacer era aceptar, decirle «Sí» sin objetar. Aprendí que ya mi decisión estaba tomada pues lo sabía en mi mente, lo sentía en mi corazón y lo reconocía en mi alma.

Apenas admití estas verdades como mías, di un GRACIAS infinito hacia arriba, hacia el cielo, y hacia adentro, hacia mi alma, yo, mi guía divina. Luego sentí un fuerte relampagueo de electricidad en todo mi cuerpo y sin darle vueltas le dije a Ari al oído: «Nuestro amor es divino. No lo volveré a juzgar, te lo prometo. Solamente palabras de agradecimiento saldrán de estos labios de ahora en adelante». «Y besos», contestó Ari sonriendo y besándome. «Y besos. Muchos besos», murmuré dentro de su boca.

A lo lejos escuché a Chai-Lai y Zezille cantándonos una de Savage Garden: «*I'll be your dream, I'll be your wish, I'll be your fantasy. I'll be your hope, I'll be your love, be everything that you need. I love you more with every breath truly madly deeply do... I will be strong I will be faithful... 'cause I'm counting on a new beginning. A reason for living. A deeper meaning. Yeah... I wanna stand with you on a mountain, I wanna bathe with you in the sea. I wanna lay like this forever, until the sky falls down over me.*»

Amor puro y dicha celestial

Cuando Ari se fue para Atlanta, lo que no me contó fue que iba para hablar con sus jefes y pedir que lo destacaran permanentemente en Nueva York. Pues resulta que no solo consiguió lo que quería, sino que además le ofrecieron liderar una oficina en la Gran Manzana. A unos días de la graduación del Círculo de los 99 Amaneceres yo tenía un nuevo puesto con la revista de Ari, cubriendo temas metafísicos, y Chai-Lai y Nehira se mudaron a la ciudad.

La primavera definitivamente estaba en el aire. Y todas las semillas plantadas en el crudo invierno empezaban a germinar dentro de nosotras y a mostrar sus hermosos colores en fantásticas manifestaciones. Empecé esta aventura absolutamente sola y con la creencia, y la maldita expectativa, de estar predestinada a traer muerte a quienes amara y en unos meses no solamente no maté a nadie con solo ser, sino que formé conexiones profundas con los miembros de mi nueva familia, Cindy, Zezille, Judith, que luego fueron completados con Ari, Nehira, Chai-Lai y Arí. Reconocía que mi felicidad no dependía de ninguno de ellos, que la compasión hacia mí, el perdón y el consecuente entendimiento del amor incondicional e ilimitado que vive dentro de mí y nadie me puede quitar, era suficiente para colmarme; y sin embargo aquel regalo que rebosaba mi copa y me llenaba de dicha también llegó hasta mí debido a que tuve ojos para ver lo que mi alma ponía frente a mí. El círculo perfecto, eso era lo que aquello era. El círculo del amor perfecto. El círculo perfecto del amor. Y fue ahí en donde mi esencia divina me colocó. ¿Quién era yo para cuestionar la ruta abrupta si el desenlace era extraordinario?

Nunca imaginé tanta alegría junta. Pensé siempre que las bendiciones se recibían de manera dosificada e inmediatamente acompañadas de alguna desgracia, de esa manera nadie podría sentirse completamente resguardado de los males y todos tendríamos que caminar perennemente blandiendo escudos de protección y miradas acusatorias.

Y sin embargo, ahí estaba, amor puro y dicha celestial, completa, perfecta y nada ni nadie me lo arrebataría.

Los que dijeron que el cielo no se podía vivir en la tierra mintieron. Cuando dejamos de guarecernos bajo las quimeras de nuestra mente y las falsedades de nuestras emociones lo vemos en plenitud. Los trucos manipuladores desaparecen y en su lugar encontramos el paraíso de la serenidad y la verdad del amor.

La noche de la graduación le pedí a Ari que me tomara una foto sola. Confirmé que todavía tenía compañía. Chris todavía formaba parte de la familia. Todavía me protegía a su manera. Y yo lo amaba por todo lo que hizo por mí. Por mi nueva vida. Por Cindy. Por Ari. Por Ari que me recordaba, a su manera especial, a Chris.

Por Ari, quien no recordaba haberme conocido al inicio de este camino, al inicio de los 99 amaneceres. Por Ari, quien ¿misteriosamente? no recordaba haber bailado conmigo toda una noche y no sabía que sus besos jugosos iniciaron la catarsis desenfrenada de aquellos gloriosos meses. Ari sospechaba tal vez, pero no tenía idea del papel que jugó en la purificación de mi ser, en el perfeccionamiento de mi conexión con mi espíritu.

Para el evento, Zezille, Judith y yo nos vestimos a la usanza de damas del Renacimiento. Nehira nos trabajó tres vestidos fabulosos en rasos y terciopelos. El mío era rojo candente con bordados con hilos de color plata y oro; llevaba también perlas y piedras de fantasía. El corpiño que escogí, y luego renegué por la falta de aire, era de talle corto, ajustado y muy escotado. Mi cabello lo peiné hacia arriba hasta hacerme un moño, el cual cubrí con una toca.

La ceremonia se llevó a cabo en la sala de Cindy. Para empezar, Chai-Lai tocó en violín los acordes de *Because you loved me* mientras entrabamos a la estancia y recibíamos un anillo y una taza con té verde. Yo tarareaba dentro de mi cabeza la letra de la canción mientras lágrimas de emoción surcaban mis mejillas encendidas. *For all those times you stood by me / For all the truth that you made me see / For all the joy you brought to my life / For all the wrong that you made right / For every dream you made come true / For all the love I found in you / I'll be forever thankful baby...* Desde su puesto, cerca de la chimenea, Ari me miraba con orgullo.

Nos sentamos. Cindy habló:

—El miedo es lo opuesto al amor. Es la barrera que nos mantiene corriendo en el mismo sitio. Pegadas a nuestras circunstancias. Sin expectativas de vencerlo y con mucha ansiedad. Enfrentar el miedo es una de las cosas más valientes que una persona puede hacer por sí misma, y también una de las cosas más amorosas. Es en el miedo en donde reconocemos qué es lo que no queremos en nuestras vidas y al enfrentarlo nos proponemos amarnos incondicionalmente hasta vencerlo. El miedo corrompe el alma y substituye nuestra herencia natural a amar y ser amados con distorsiones y mentiras. Pero cuando amas y confías nada te puede molestar, nada te puede perturbar, porque todo tiene una razón de ser que será manifestada y reconocida al tiempo preciso. Así como mi espíritu me pidió a mí hace muchos años 99 amaneceres para otorgarme claridad, así mismo escogí yo ofrecerles a ustedes aquella propuesta única. Pero fueron ustedes quienes aceptaron y abrieron su mente y su corazón a una dimensión totalmente nueva, siempre presente para quien la entiende, pero nueva para quienes no la pueden ver en esta vida. Su intuición innata las ayudó pero fueron muchas las batallas internas que tuvieron que enfrentar para llegar hasta esta noche. Claridad es una bendición. Paz es un regalo. Conexión espiritual es alegría permanente. Ténganlo en cuenta ahora que retornan al mundo y no abandonen el estado de consciencia espiritual que han alcanzado en este corto tiempo. Son creación divina y llevan esa divinidad dentro de ustedes, nunca lo olviden pues ese amor sin límites estará en sus vidas incluso en los días en que ustedes mismas lo rechacen.

Cindy levantó su taza para brindar y Chai-Lai tocó el violín nuevamente. Esta vez todos cantamos: *You were my strength when I was weak / You were my voice when I couldn't speak / You were my eyes when I couldn't see / You saw the best there was in me / Lifted me up when I couldn't reach /You gave me faith 'cause you believed / I'm everything I am / Because you loved me.*

Ari se acercó y susurró a mi oído: «*I'm everything I am / Because you loved me.* Soy todo lo que soy porque me amaste». Yo le respondí besándolo: «*You saw the best there was in me / Lifted me up when I couldn't reach.* Encontraste lo mejor dentro de mí. Me elevaste cuando yo no podía siquiera levantarme».

Al dejarnos ir nos encontramos

Al terminar la ceremonia le pedí a Ari que me acompañase hasta un lugar en donde se colocaban tatuajes. Le conté la historia del mío y cuánto significaba tatuarme la otra media luna mientras me dibujaban cerca del ombligo aquello que equivalía a mi declaración de amor hacia él. Ari escuchó en silencio, besó mi vientre cuando el artista terminó su trabajo.

Esa noche hicimos el amor, Ari y yo. Me alegré de haber esperado hasta encontrarme en paz conmigo misma y absolutamente clara acerca de mi amor hacia este admirable, bello, noble hombre.

No necesitábamos palabras para comunicarnos. Nuestra unión ya era íntima, nuestra conexión una constante. Ari puso un CD de Celine Dion y se sentó junto a mí en el sofá. Las palabras de *Because you loved me* llenaron el espacio y se asentaron en nuestros cuerpos como polvillo mágico. Ari colocó su mano sobre mi pecho y desabrochó el corpiño. Mis senos agradecidos por la súbita libertad desbordaron por encima del vestido y yo me deshice a manotazos y patadas del resto de la indumentaria. Caí desnuda sobre un almohadón, deleitándome con las caricias de Ari que, goloso,

subía y bajaba las manos por todo mi cuerpo mientras
yo le arranchaba la camisa, le jalaba de un tirón el cin-
turón y le abría el cierre de su pantalón. Él, todavía ler-
do por el yeso en la pierna, logró colocarse sobre mí
pero luego perdió el equilibrio y los dos caímos riéndo-
nos a la alfombra. Rodamos por entre los muebles por
un rato, besándonos y acariciándonos con soltura, como
si conociéramos perfectamente el cuerpo del otro pero
al mismo tiempo estuviésemos descubriéndonos.

Traigo el pasado al presente y es como si estuviera
viviéndolo otra vez: Su lengua, sus manos, mi lengua,
mis manos, su pierna enyesada, la mía sin yeso. Su sexo
y el mío. Su sexo en el mío. Mi boca en su sexo. Su
sexo en la mía. El número 69. Mi poto en su cara. Sus
ojos redondos. Su pene levantándose. Mi vagina lubri-
cándose, llamándolo más y más fuerte, más y más am-
biciosa, más y más voraz. Él penetrándome. Yo ar-
queándome en un saludo largo. Fricción. Bombos y
platillos. Celine Dion callada. Arí calladito. Los vecinos
en silencio absoluto. Masajes. Caricias. Alegría, alegría
y placerrrrr. Frotaciones. Puntos G. Varios puntos G.
Ari es un genio. Es un genio. Un genio. Yo mojada,
aceitada, empapada en el deseo de él. Él mirándome
con amor, tocándome con lujuria. Ojos rojos. Vértigo
sexual. Vueltas y vueltas en un carrusel del cual no queremos bajar. Su estandarte perfectamente erecto, saludando a mi avezado clítoris que quiere más de él, más
de él dentro de mí, más de mí sobre él. Nos rozamos,
nos acariciamos, nos amasamos. Él penetra y yo me
extiendo, levito sobre el suelo, vuelo en mi corazón, la

temperatura me sube. Explayo mis piernas y las doblo sobre su espalda, lo encarcelo sobre mi vientre, empujo sus movimientos, me bamboleo a su ritmo, me bamboleo más rápido que él, chillo, me bamboleo y pierdo la razón, una animación psicodélica aparece de súbito en la parte de atrás de mis ojos y se esparce por mi cuerpo. Tiemblo. Él se estremece, me estrecha en sus brazos, se balancea en la pierna buena. Yo lo aplasto un poco más con mis piernas sobre su espalda. Las palpitaciones se pueden escuchar en toda la habitación. Él entra en convulsiones sobre mí y siento la calentura de lo ancho y profundo de su pene dentro de mí. Levanto las caderas para sentirlo más. Él contraataca, me siente irme, él se va también. Nos encontramos por fin por completo, en cuerpo y alma, en la intimidad de irnos. Los ruidos del mundo regresan por la ventana. Nos abrazamos, nos levantamos, caminamos hasta el cuarto. El aire tibio de la primavera nos recibe en el dormitorio. Caemos rendidos sobre la cama.

Sábanas blancas para este viejo nuevo amor

En el día 100 amanecí, por fin, con Ari. Al verlo tendido a mi lado sonreí. Él volteó y me besó, luego me acarició el lóbulo de la oreja izquierda. Mi corazón dio un vuelco de júbilo. Me agaché para jalar la cámara digital de Ari que estaba tirada a los pies de la cama. Le dije que se acomodara a mi lado y alargando mi brazo lo más posible tomé una foto de los dos. Cuando volteé la cámara para ver la imagen lo supe de seguro, el resplandor de Chris ya no estaba en la fotografía. Bajo las sábanas blancas únicamente yacía un viejo nuevo amor.

Índice

99 Amaneceres

www.ingramcontent.com/pod-product-compliance
Lightning Source LLC
Chambersburg PA
CBHW031952240626
47153CB00003B/957